新 潮 文 庫

魚は粗（あら）がいちばん旨い

粗屋繁盛記

小 泉 武 夫 著

新 潮 社 版

11709

目次

第一章　捌き屋五郎　7
第二章　粗屋開店　32
第三章　祭りだワッショイ！　90
第四章　粗神様　116
第五章　オッペケペッペケペー節　153
第六章　身を捨ててこそ浮かぶ粗もあり　191
解説　太田和彦

魚は粗（あら）がいちばん旨い

粗屋繁盛記

第一章　捌き屋五郎

　東京都中央卸売市場築地市場水産物部、通称「築地魚市場」に勤める者で、鳥海五郎の名を知らぬ者はいない。身長一七八センチ、体重七九キロの堂々とした体躯で、五十代半ばだが、運動能力は四十代前半並み、マグロ専門の仲卸店で、巨大な本マグロをてきぱきと解体する「捌き屋」である。

　四十年近くもの間、築地市場から外に出たことがない、築地魚河岸の臍のような男なのだ。いつの間にか市場に出入りする人たちからは、親しみをこめて「五郎兄いさん」とか「おやじさん」などと呼ばれている。

　頑なに築地市場内だけで仕事をしてきたので、毎日の生活も判で押したような一徹さがあり、毎朝四時には場内にやってきて、目利きが選んだ一本数十万円、数百万円という本マグロを数人の弟子に手伝わせて何本も解体する。それが終ると、解体道具を入念に手入れし、大概午前八時には場内にある行きつけの市場食堂で朝餉をとる。

その食堂も三軒と決まっており、「江戸川」の、大好きな鰈の深川煮かサンマの開きの定食、「高はし」の魚汁定食か煮魚定食、「八千代」のアジフライかエビフライの定食を注文した。

朝食をとったらもう帰宅だ。いつも荷物運搬専用の大型の自転車に跨り、市場の裏門から出てすぐのところにある波除稲荷に立ち寄る。この神社は江戸時代の初め、この辺りの埋め立て工事が困難を極めていたときに、海中を漂う稲荷大神のご神体が見つかり、それを祀ったところ風も波もおさまって、工事も無事に終ったことから、厄除けや航海の安全の神として篤く信仰されている。五郎は毎日欠かさず参拝する。詣でた後は再び自転車に跨り、勝鬨橋を渡って月島小学校近くにある築地場内従業員共同アパートに戻る。自転車なら、たったの十分程度なので、朝が早い仕事人にはここが一番と、ずっと住み続けているのであった。

五郎が本マグロを解体する手際の良さは、築地市場の捌き屋の誰もが一目置く見事なもので、今では築地伝説の捌き屋のひとりにまで挙げられていた。解体に使う道具も五郎専用で、これまで誰にも握らせたことはない。刃渡り一五〇センチの身卸し用の半丁包丁や大おろし包丁、鰭を切りとる鉈、骨や硬い部分を挽く鋸、頭部を支える打鉤といった道具は、五郎の身体の一部のようなものであった。毎日の解体作業が終ると、ひとつひとつ丁寧に研いでから真っ白い晒に包んで仕舞い、さらに、日数をあまり置かずに長年信頼してきた研師に磨きを委ねる。

ところで五郎の解体する本マグロは、北海道の戸井や青森県大間、宮城県塩釜、和歌山県那智勝浦、新潟県佐渡といった本マグロのブランド地で獲れた生マグロばかりである。これらの沿岸で獲れた本マグロは直ちに船上で血抜きをしてから急いで帰港、氷詰めしてトラック便あるいは空輸して築地市場に送られるのである。するともう、翌朝には競りにかけられ、それを仲卸業者が競り落すと、いよいよ伝説の捌き屋の出番となるのである。

三〇〇キロもある本マグロを解体台に載せると、先ず鋸で顎を挽き、鰓蓋を外し、二五キロもある頭を大包丁で切り落す。次に腹に詰めてあった氷塊を掻き出し、胸鰭と背鰭を鉈で抉り取ってから、数人の弟子とともにそのマグロを一気にひっくり返すのである。冷蔵庫から出されたマグロは、市場のコンクリートの上に置かれているうちに、下側の身がマグロの自重で圧迫される。だから出来るだけ早くひっくり返してやらないと身が崩れてしまう。五郎は、この返しの重要さを十二分に知っていた。ひっくり返してから本格的な解体に入るのであるが、本マグロを毎日のように解体している築地きっての捌き屋であっても、この作業に入ると気が引き締まる。ひと呼吸置いてから、半丁包丁を静かに手に取り、首下のカマに突き刺して一気に尾の付け根まで切り裂く。そして間髪を容れずにこれまた刃渡り一五〇センチもある大おろし包丁に持ち替えると、今度は骨に沿って腹側の四半身を切りおろす。さらに背側の四半身も同じくおろし、同様にして残りの半身もおろす。こうして巨大な本マグロはたったの十五分で四半身四枚と中骨一枚の五枚おろしにされるのである。五郎の腕の凄さはおろした中骨一枚に見て取れる。中骨の両側に、中落ちと呼ばれる肉身がほとんど付いていないのである。

五郎のおろすマグロに惚れ込んだ一流鮨屋や料亭は、この仲卸店を贔屓にしてきた。そのため、仲卸店の社長は五郎を特別に厚遇し、大切にしたのである。

鳥海五郎は、昭和二十四年に福島県石城郡江名町中之作、現在のいわき市中之作に生まれた。五人きょうだいの末っ子で、家業は代々続く漁師である。父親と二人の兄は、近所の網元に雇われ、秋は秋刀魚を追って北海道沖に、春から夏は鰹を追って土佐沖に、冬は沿岸や近海の魚を獲るなど、一年の大半を船に乗っていた。そのため家事は時々パートに出る母親が主に取りしきり、二人の姉は近所の魚加工所で働いていた。このような漁師一家では、男の末っ子だけは陸の仕事に就かせるのが習わしであった。それは、万が一、船が遭難して父や兄たちが帰らぬこととなった場合に家を絶えさせないためである。

時は高度経済成長期、五郎は地元の中学校を卒業すると、三日後には集団就職列車に乗って常磐線平駅から上野駅に向かった。引率してきた係の人は、駅まで迎えに来ていた就職先の従業員に五郎を引き渡した。五郎は、背にはリュックサック、両手に大きな荷物を抱えて、地下鉄日比谷線に乗り換え、築地駅で降りると十五分ほど歩いて鮪仲卸会社の社長の家に着いた。但し、会社と言っても、築地魚市場内に犇めく鮪屋の一軒にすぎないので、「店」と表現したほうがわかりやすいかも知れない。

五郎を見た社長は、そのあまりのあどけなさに目を細めて歓迎した。そして、都会の生活の右も左もわからない五郎をしばらくの間自分の家の裏にある建物のひと部屋で生活させることにした。社長の家は、築地場内市場から歩いて約十五分の入船にあったので、市場に通うのにもちょうどよかったのである。

五郎はそんな丁稚奉公のようなときから、朝は四時前に家を出て店に入り、てんやわんやの忙しさの中で大人たちの手伝いをし、市場がひと段落してから社長の家に戻って家族たちと朝食をとり、その後また店に引き返した。社長は妻と、都内の高等学校を卒業後、社長の手足となって店で働いている長男、神田の簿記学校に通っている次男、近くの商業高等学校に通う長女の五人家族であった。長男は五郎より八歳上で、将来は社長を継ぐことになっていた。

その後の五年間、社長の家で食事などの世話になったが、成人したのを機に、社長が保証人となって築地場内従業員共同アパートに入ることになった。以後、ずっとそこで暮しているのである。入船で生活した五年間の経験は、五郎のその後の人生、とりわけ築地での仕事やその周辺での人間関係に大きな影響を与えた。特に、社長一家から家族の一員のような扱いを受けた心配りは、福島の実家では経験したことのないもので、身に染みた。彼が鮪屋一筋であったのは、仕事の面白さや充実感といったものばかりでなく、社長に対する忠誠心のようなもの、言い換えれば恩返しのような気持ちがあったからである。

二十歳でアパート暮しを始めた五郎は、それまでとはまるで違う解放感にあふれた生活を送ることになった。とは言っても、街で遊興に耽るのではなく、若者には珍しく、魚食を中心とした美味いものの三昧の自炊生活を始めたのである。

代々漁師の家に生まれた彼は、ヨチヨチ歩きのころから口にするのは活のいい常磐沖の魚介類ばかりであった。当時は魚はとても安かったし、雇われ漁師のささやかな特権で、水揚げしても売りものにならない外道魚や、傷もの、小さな雑魚などは、家に持ち帰って食べていいことになっていた。また魚の加工所では、その日に余った魚は、従業員に格安で頒けられていた。そんなことで、五郎の家では明けても暮れても、一日三度の食事のおかずは魚であった。その日に食べきれないときには、開いて干物にしておけば、いつでも美味しく食べられる。

魚の恩恵を受けていたのは人ばかりでない。漁村の多くの家々の周りには猫がたくさんいたし、空には烏も鳶も飛んでいて、とにかく人にも動物にも、当時の漁村は魚食天国であった。

そのころの中之作港で水揚げされていた、いわゆる常磐ものの魚介類は甚だ種類が多く、値段もピンからキリまであった。高級魚では真鰈、虫鰈、松皮、滑多鰈、鮃といったカレイやヒラメの類、さらに喜知次や笠子、鮟鱇、魴鮄、目抜などもある。中級魚には鮎並、石持、鰹、伊佐幾、真蛸、鯣烏賊などがあり、貝類には北寄貝や赤貝、カニでは紅楚蟹や毛蟹などがあった。

そして何と言っても鰯、鯖、秋刀魚の青物三兄弟を筆頭に、ドンコと称される蝦夷磯鮎並、鯵、目光、魳、鯥、赤鱏、星鮫などの大衆魚は、安くて美味しくて、大量に獲れた。味も姿も毛蟹そっくりの栗蟹も格安で売られていた。

五郎の家の食卓では、毎日この大衆魚が主役で、朝は大概鰯か鯖の干物、昼は鮫か鱏の煮付けか、朝の残りの干物、夜は目光の天麩羅やドンコの煮付けといったところであった。魚好きにはたまらない話で、毎日そんな贅沢な食事ができるなんて、と羨ましがる人もいるだろうが、当時の波被りの漁師の家の食卓は、これが当り前で、最も経済的だったのである。

とりわけ五郎が、毎日食べ続けても飽きなかったのが、目光の天麩羅とドンコの煮付け、茹で立ての栗蟹であった。

ドンコは、海の底にいる体長三〇センチほどのグロテスクな顔をした魚で、頭部から腹部にかけて異様に膨らんでいる。その膨満した部分は実は肝臓で、驚くほど美味い。鮟鱇の肝の美味さに似ていて、トロトロとやわらかく、脂肪が多いのでコクも豊かである。そのドンコを丸のまま大きな鍋で味噌仕立で煮付けるのだが、魚好きが口にしたら、きっとその魔性の味の虜になってしまうことだろう。そんな美味な内臓を持った魚が、五郎の家の食卓にはいつも当り前のようにあったのである。

目光は、当時は下種として、一般にはあまり食べられていなかった。体長一五センチほどで、灰色と黒色の縞模様は、そう食欲をそそるものでないばかりか、身がやわらか過ぎて焼くのも煮るのも難しく、丸のまま干してから焼いて食べるのがせいぜいであった。ところが、その干した目光は脂肪がのっていて捨てがたい美味しさがあったので、漁師の家では喜んで食べていた。それがやがて市場に出回って、主に福島県浜通り地方の人たちが食べるようになったのである。

その後、生の目光の頭を切ってから揚げた天麩羅や空揚げが食べられるようになり、目光はいつの間にか押しも押されもせぬ常磐沖を代表する地魚となった。揚げ立てを天つゆに浸して食べると、衣のサクリサクリという歯ざわりの後に、やわらかい身がトロトロと溶けるようにして口中に広がり、そこから白身の魚にみられる、あの上品なうま味と甘みとがチュルチュルと湧き出てきて、それを脂肪と揚げ油からのペナペナとしたコクが囃して、五尾、六尾の目光はあっという間に胃袋に素っ飛んで入っていってしまうのである。五郎は、小さいときからドンコや目光の美味しさを知っていたので、たまに築地の市場にそれらが入ってくると、懐かしさも加わって、家に持ち帰って料理し、喜んで食べていた。

栗蟹は常磐沖でよく水揚げされる、甲羅の直径八〜一〇センチほどの蟹で、小粒ではあるが、茹でた味は、北海道産の毛蟹そのものである。五郎の子供のころはとても安価で、魚屋の店頭にゴロゴロと置かれていた。そのため五郎の家では、栗蟹を食べる機会はとても多く、今では考えられないような話だが、毎日のようにその栗蟹を潰して出汁をとり、それで味噌汁をつくって啜っていたのである。

このように小さい頃から魚ばかりの食生活であった五郎が、築地の中央卸売市場の魚市場に就職したのは運命だったのかもしれない。

アパートで独り暮らしを始めてからは、昼と晩の食事は大概自分でこしらえて食べていた。朝は早いので、仕事が一段落すると場内にある定食屋で済ませ、昼食はアパートの自宅で、前日につくって冷蔵庫にしまっておいた魚の煮付けを温め直しておかずにし、夕食は店からもらってきたマグロの中落ちの刺身や、解体のときに出た腹側肉の煮付けなどをつくって食べるのであった。

早朝の仕事が大半を占めるマグロの仲卸店だったので、年季の入った捌き屋や研ぎ職人たちは、仕事が明ける午前八時ごろには帰ってしまう。しかしまだ若僧だった五郎はその後も片付けや翌朝の準備、掃除などをしなければならず、途中昼食をとりに家に戻ってから、再び市場に来て雑用を片付け、帰宅するのは午後四時ごろであった。帰りがてら、場外市場で魚を買って家に戻ってからは、誰にも邪魔されない楽しい時間が始まる。大好きな魚を思いのままに料理して、それを存分に食べる。そのような愉楽を、二十歳そこそこで知ってしまったのである。

実は五郎が魚の味の魅力に開眼したのは中学生になってすぐのころである。それまでは母や姉のつくってくれた魚料理ばかり食べていたのであるが、さすがに中学生にもなると自分も少しは家事を手伝わないと申し訳ないし、世間の眼も強(きつ)くなる気がする。その一方で、夕方母や姉が仕事から帰ってきて、それから夕飯の支度をするので、腹を空かせた五郎は少しでも早く食べたい一心から、次第に料理を手伝う因果も巡ってきた。はじめは食器や鍋を洗ったり、大根や菜っ葉を切ったり、芋の皮を剝いたりしていたが、次第に魚の鱗を取ったり腹腸を出したりとだんだん進歩していく。そのうちに、たまには母たちが平目や鮎並を丸のまま持ち帰ってきて、手早くおろしていくのを脇で見ながら覚えていった。そして、自分でも毎日のように手に入る鰯や鯖のような魚を何度もおろして覚えていくと、包丁を持って半年も経ったころには、三枚におろす技量まで積んでいた。手先が器用で勘のいい五郎は、そのうちに母や姉ばかりでなく近所の人たちからも、中学生にしては魚捌きが上手いと褒められるようになった。

そして中学一年生の冬、五郎と魚料理あるいは五郎の魚好きを結びつける決定的な出来事が起こった。年末のある日、正月休みに帰っていた父は、網元からもらってきたと言って巨大な鮟鱇を一匹、叺に入れてリヤカーで運んできた。そして、

「五貫目はあっぺで」

と言う。今でいうと一九キログラムである。兄も出てきて、二人で叺を持ち上げ、家の裏にある物干し場に持って行くと、リヤカーに一緒に積んできた太く長い丸太ん

棒を三本組み合わせて支えをつくり、それに鮟鱇の口に通していた太縄を引っ掛けて吊したのである。鮟鱇は口を大きく開いたまま宙ぶらりんの哀れな姿になっている。その異様な光景を初めて見た五郎は、ただ驚愕するばかりで唖然としている。常磐沖は日本有数の鮟鱇の漁場で知られ、その大きさも味も天下一品といわれてきた貴重なものである。この辺の家では暮れや正月に鮟鱇料理を食べることも多いのだが、鳥海家はそんな贅沢はできなかったから、とにかく母も姉も五郎も驚くやら嬉しいやらで大いに心が弾んでいた。

　こうして本場常磐ものの、巨大な鮟鱇の捌きが五郎の目の前で行われるのであるから興奮せずには居られない。一年中、船に乗って魚を獲っているので、なかなか末っ子とは会うことができないためなのだろうか、父は家にいる間は五郎によく話しかける。

「ほら五郎、これが鮟鱇の吊し切りっていうやづだぞ。よぐ見でろ。鮟鱇はな、俎板の上ではよく切れんにだ。ふにゃふにゃしてで包丁の刃が立たねんだわ。んだがらこうして吊しておいでな、体を張らせでがら切っていぐんだわ。昔の人の知恵だべげんちょも、大したもんだよ」

　そう言うと、吊してあった鮟鱇の大きな口から兄がバケツに汲んできた水をザザーッと豪快に流し入れた。すると、吊されてぐんなりし、だらりとしていた鮟鱇の体は、腹からぷっくらと膨らんできて、ますます大きく張ってきたのである。父は鮟鱇の口のすぐ下に包丁を入れ、そこから口元に沿って皮だけを丸く切り裂きながら剝いでいき、一気に下に引きおろすと、見事にペロリと剝けて、白からややピンク色の丸裸の姿となった。異様に膨れている腹部の上に包丁を入れ、下に割いていくと水を湛えた胃袋が出てきた。そこに刃が達すると水が勢いよく外に流れ出た。五郎はそれを見てさらに驚く。あとは内臓の器官ごとに切り出したところで、

「ほら五郎、この大っきいのが鮟肝っちゅうやづだ。コテコテに脂肪のってでんめえぞ」

と言う。そしてその鮟肝を崩さぬように丁寧に取り出すのであった。次に肉身を削ぎ取り、鰭や尾や骨までも切り取って、最後は鮟鱇の輪のような口元が太縄に残るだけとなった。

「鮟鱇はな、肉だげでねぐ皮も鰭も尾も内臓もみんな食えんだわ。世間では鮟鱇の七つ道具って言ってよ、とにかく捨てるどごなんてなんにもね。んだげんちょ、鮟鱇だげでねくてどんな魚でもよ、そういう捨てっちまうどこの方が美味し、栄養もあんだがらよ、なるべくみんな食っちゃうごとが大切だがらね」

父と兄は、切り分けた身を大きな皿に盛りつけていく。それを台所に運んでいくと、中で待っていた母と姉が今度は肝和え（きもあ）と鮟鱇鍋を拵える（こしら）のであった。

こうして年末の寒い日、一家が揃って（そろ）食べた熱々の鍋やこってりの肝和えの味は、五郎にとって生涯忘れ得ぬものとなった。それまでは、小学生からやっと中学生になったばかりの少年なので、魚の真味などというものは解ら（わか）ないのが当たり前で、ただ美味しいという生理反応だけで喉（のど）を通してきたものを、この鮟鱇料理を食べたその時から、五郎の魚に対する味覚の反応ははっきりと変わってきたのである。食べながら魚は身の部分によって歯応え（はごた）が違ったり、うま味が淡か（うす）ったり濃かったりすること、そして何といっても一匹丸ごと捨てることなく、粗（あら）まで美味しく食べられたことに、子供ごころにも信じがたい思いがあったのである。

築地で働くようになってからも五郎は気ままな生活を送っていたが、二十六歳のとき、遠洋物鮮魚卸売場で働いている友人に紹介された早瀬俊子という同い年の女性と付き合うようになった。俊子は現在の茨城県北茨城市磯原町の出身で、中学校を卒業すると同時に、東京浅草橋にある莫大小（メリヤス）問屋に就職し、縫製従業員として働いていた。五郎と同じ常磐線沿線で生まれ、太平洋の潮風に撫で（な）られて育ち、「んだっぺ」「いがっぺ」「うまがっぺ」「しゃぁあんめ」といった常磐茨城弁も同じ、生まれたところも五〇キロも離れていなかった。そんな共通の郷土意識もあって、二人は自然のなりゆきで五郎のアパートで同棲するようになったのである。紹介してくれた友人はとても喜んで、そのうち仲人親を気取るようになり、愛の完成には法律的な認証が必要だと言って、役所に婚姻届を提出させた。

こうして五郎と俊子は晴れて法律的にも夫婦になったのであるが、問題はそれからであった。最初の半年ぐらいは新鮮な家庭生活、共稼ぎによる経済的安定もあって、愛情のおもむくままに浮き浮きするような日々を過ごしていたのだが、そのうちに勤務時間のすれ違いや嗜好の相違、さらには性格の不一致なども明らかになって、たびたび衝突するようになった。

五郎は午前三時には起床して四時前には市場に到着しなければならない。しかし、そう広くはないアパートでは、五郎が出掛ける支度をしていれば、その物音で俊子は目を覚ましてしまう。五郎が出かけたあとで、もう一度眠ろうとしてもうまくいかず、やがて起床時間になってしまう。そんな日々が続いて不眠を訴えるようになった俊子は、結婚生活に自信が持てなくなり、なんで結婚なんかしてしまったのかとまで思い詰めるようになった。

俊子が勤め先の浅草橋から午後八時ごろに戻ると、食卓には五郎がつくってくれた夕飯が置かれている。とにかく朝の早い五郎は、先に夕飯を食べ、風呂を済ませて八時ごろには寝なければならない。

問題は他にもあった。五郎がつくる飯のおかずは明けても暮れても魚ばかりで、野菜や芋類、豆類などの料理はほとんどない。ここでもすれ違いだ。一方俊子は、魚には小骨があるし、その上生臭いという理由で、小さい頃から魚が好きではなく、オムレツやハンバーグ、野菜炒め、スパゲティなどのほうが好きだったのである。そのため、来る日も来る日も魚ばかりの夕食に閉口してしまい、次第に友人たちと外で食べてくることが多くなった。

そんな生活が続いて、五郎はエネルギーをもて余していた。俊子は一日の疲れで、蒲団に入るとすぐに寝入ってしまう。ある朝、五郎は自制が効かずに起床してすぐの午前三時に、熟睡している俊子に強引に迫ってしまった。無理矢理起こされた彼女は、日頃の鬱憤もあったのか必死に抵抗し、その反応に驚きへこんだ五郎は逃げるように仕事に出かけた。

その日の午後三時ごろ、五郎が生魚を持って帰ってくると、家の中がなんだかがらんとしている。よく見てみると、俊子の衣類や化粧用品などが見当らず、箪笥には彼女のものは何ひとつ残っていなかった。置き手紙さえない。

五郎はしばらく、部屋の一角で呆然としたまま、今朝の出来事に思いをめぐらせた。頭にはまず、「俺の女房なんだがらよ、なんも悪いことねえべ」という自己弁護が浮かび、次に「眠っているのを無理に起こして、やっぱり悪がったなぁ」という反省、「んだども、俺我慢でぎねがったもんなあ」という本能の肯定、「俊子はよっぽど腹に据えかねて出ていっちゃったんだべなあ」という同情など、さまざまな思いが錯綜していた。

そんな気持ちを引きずりながらも、とにかく買ってきた魚だけは料理しておこうと、俎板を出してはみたものの、やはり虚しさが込み上げてきて、せっかく手に入った新鮮な皮剝をおろすというのに、いつもの浮き浮きとした気分は微塵も湧いてこなかった。

ところが、である。いざ右手に包丁を持ち、左手で皮剝を俎板の上に押さえつけたとたん、もやもやとしていた蟠りが消え失せるのである。心の霧が晴れるのと連動するかのように、皮剝の頭部の角状の突起を切り落とし、そこから指を入れて尾の方向に動かすと、皮はきれいに剝けて、丸裸になった。さらに腹部に包丁を入れて腸を抜き去り、肝を潰さずに取り出すころには、ついさっきまでの虚しさは露ほどもなく、むしろ清々しい気持ちになっていた。

五郎は皮剝の身を触り、魚の感触が指から伝わると、瞬時に何もかも忘れ一心にそれをおろすことにのめり込んでしまったのである。この突然の心の変化は何も皮剝に限ったことばかりではなかった。これから捌こうとするどんな魚でも五郎はそうなれるのであった。実はこれは、五郎がずっと前に勝手に思いついた生き方の極意のようなものなのである。今風に言えば自己暗示というものになろうか。

それは五郎が中学校を卒業して築地の鮪仲卸会社に就職したときに遡る。仕事場に入ると、腕利きの「松おやじ」と呼ばれる職人から仕事上の厳しい仕付けを毎日強いられた時があった。真面目な五郎は、それを全て聞き入れて、言われる通りに仕事をしていたのである。そんなある時、いつもに増してがみがみと言われ、心中とても落ち込んでいたとき、その松おやじが突然、

「おい五郎、この中落ちのついた骨よ、少しだけどおめえにやるから、好きなようにしなよ」

と、珍しく優しい声を掛けてくれたのである。なんと二五〇キロもある、おろしたばかりの巨大鮪の骨の端の方をぶつ切りにして渡してくれたのだ。そんなことは初めての五郎は喜んで、夢中になって骨から中落ち肉をこそぎ取っていた。その時、松おやじはまたもや五郎に何かを言ってきたらしい。だが、五郎は中落ち取りに夢中で全

く気付かない。松おやじは仕方なくぶつぶつ言いながら帰っていったことを、あとで隣の店の若い従業員が教えてくれたのである。

「松おやじ、おめえのこと怒って帰って行ったぞ。中落ち取りにのめり込んで俺の帰るのも知らんぷりか、まったく困った奴だよ、ってね」

本当に五郎は、松おやじが何を言ったのか全く聞こえないで、ただ黙々と中落ち掻きに集中していたのである。

その夜のこと。蒲団の中でそのことを思い返していたとき、突然ある閃き(ひらめ)が浮かんできた。そうか、いやなことがあったり、落ち込んだりしてくよくよしても、それで解決するなど決してないんだ、だとすると、くよくよしても時間の無駄だ。自分を痛めるだけだ。だったら、そのくよくよする時間を、逆にうきうきする時間に当てた方が楽になるんじゃないのか。つまり五郎は、今でいう「切り替え」をその時すでに思いついたのである。嫌なことをパッと忘れて全く別の次元に自分の心を移してしまう。そして新たな心境に立って、それに心身を集中して取り組めば、切り替え前のことから離れられる。

とにかく十五歳という年齢で、もはやこのような心境を自らつくり上げた五郎は、それ以後はどんな嫌なことや心が落ち込むことがあっても、大好きな魚の下拵え(したごしら)や料理で心を切り替えることを意識的に実践したのである。これを何年も続けているうちに、彼は自己暗示の賜のように、魚を前にして包丁を持った瞬間から何物も、何事も近づくことのできない自分だけの世界に没入することができるようになっていたのである。

その日は皮剝の薄造りと、鰯の生姜煮で軽く一杯、と考えていたので、皮剝を三枚におろした後は、ポン酢醤油もつくった。そして次は鰯である。まず頭と内臓を取り除き、よく洗う。鍋に醤油と酒、味醂、砂糖でいつもの煮汁をつくり、そこに生姜の微塵切りを加えて火にかけ、煮立ったところで鰯を並べ入れて落とし蓋をし、十五分ほど煮て出来上りとした。

こうして料理に夢中になってしまうと、俊子のことはすっかり忘れ、あっという間に心の切り替えができていた。これは五郎自身も再確認したのであるが、それからというもの、どんなに苦しいことや悲しいこと、嫌なことに遭遇しても、大好きな魚料理に集中することで気分が変わり、様々な困難を凌いでいくことができた。

俊子はアパートを出て行ったきり、一度も戻って来ることはなかった。五郎のほうも、飛び出して行った俊子を仕事先まで出向いて連れ戻すようなことはしなかったのである。

数日後、五郎のもとに一通の書留が届いた。中には俊子がすでに署名捺印した離婚届が入っていた。あまりの展開に、さすがの五郎も呆気にとられたが、こうなったら、もう何も考える必要はないと、むしろさっぱりした気持ちになって、署名捺印し、区役所に届け出た。こうして二年足らずの短い夫婦関係は消滅したのであった。

それからというもの、五郎はひとり悠々と大好きな魚の料理を楽しみながら仕事に励む毎日を送ることになった。無類の魚好きにとって、築地の魚市場で働くことは正に天国に勤めるようなもので、マグロの解体を天職だと自負している五郎は、心を新たにして仕事に没頭した。明けても暮れても、マグロ、マグロである。

生まれ持った運動神経からくる機敏さと流れるような身のこなしに加えて、代々漁師だったＤＮＡに組み込まれた、魚に対峙する技量とがあいまって、四十歳を越す頃には築地場内市場の鮪仲卸業者の中では三本の指に入る捌き屋になっていたのである。押しも押されもせぬ捌き職人が五十歳を越えた人ばかりであることを考えると、五郎の凄さが分かろうというものである。

その凄さは、まずマグロを見る目に表れる。漁獲され船上に揚げられたマグロの上になった方を上身、下側を下身というが、下身には魚体の重みがかかるので身崩れを起こしやすく、上身の方が上質とされる。しかし、多くの捌き屋は市場に入ってきたマグロのどちらが上身であるのか、すぐには判断できない。ところが五郎は、マグロをじっと観察し、人差指で胴体を軽く押すだけで、的確に上身と下身を判断し、あとは鮮やかな手捌きで解体していく。そして、上身の腹部位と背部位、下身の腹部位と背部位の四つ割にして、買取人に渡すのである。

五郎は鮪仲卸店の看板職人となっていたので、先代の時代から社長は五郎を優遇し、給料はもちろん、賞与も特別に弾んでいた。五郎は、生活費や楽しみとしている魚代と酒代を除いた全てを銀行に預けていたから、かなりの金額が貯(た)まっていた。築地場内従業員共同アパートの家賃は安いし、光熱費も高が知れているから、貯まる一方である。実は、五郎が金を一心に貯めるのにはわけがあった。五十五歳を目処(めど)に仲卸店をやめ、どうしてもやりたいことがあったのである。

その夢とは、実にユニーク且(か)つ大胆なものであった。二十歳から三十五年もの間、毎日マグロを捌き、趣味とはいえ、魚料理を一日も欠かさず作ってきた者にしかできない奇想天外な企てである。それは、いくら魚好きな民族とはいえ、この日本中どこを探しても一軒も存在しないであろう、魚の粗(あら)だけを使った料理屋を開くことであった。粗は使い途(みち)がないということで、ほとんど捨てられてしまう。その粗だけを使うというのだから、突拍子もない話である。

しかし、五郎は真剣そのものであった。なにせこの夢は、二十年以上も前から温めていたものなのだ。

五郎に粗料理のすばらしさを気づかせたのは、彼のこれまでの体験、生き方そのものだった。代々漁師の家に生まれて、幼い時から口にするのはほとんどが地魚の雑魚や干物で、そのためには鰭をほぐして食べ、骨に付いているわずかな肉身を歯と歯でこそぎ、頭を割って頬肉や骨をしゃぶる。そして中学生の時から自ら魚料理をはじめると、父の教えもあって通常は捨ててしまう粗もなるべく料理して食べるよう心がけた。煮物、焼き物が大半だったが、五郎が本当に粗の美味しさに目覚め、それを心に強く刻み込んだのは、偶然食べた魚の頭の美味さであった。中学校の二年生となったばかりのある日、母がパート先の魚加工所から大きな真鯛の頭三つをもらって帰ってきた。

「五郎、今夜はこれを甲焼き（かぶとや）にして食うべ。頬っぺだんどごの鱗を包丁でよっぐこそげ取って、よぐ洗ってがら水気拭（みずげふ）いでよ、塩振ってがら裏で焼いで来い」

と命令された。五郎はこんな立派な鯛の頭など見たこともなかったので、とても嬉しくなって言われた通りに下拵えをしてから家の裏庭にある魚焼き専用のドラム缶で焼き上げる。このドラム缶は当時、漁師の家には大概備えてあった魚焼き道具で、福島県平市の廃品回収業者が独自に考案し、売り歩いたところ、爆発的に売れて大儲けしたという代物である。通常の二〇〇リットル容量のドラム缶を半分の大きさに輪切りにし、下半分の底を抜いてそこに鉄格子を貼り、ドラム缶には脚をつけて地上から二〇センチほど高くし、その下の空間を鉄板で覆い、焚き口がつくってあるという構造である。これで魚を焼くときには、下の焚き口から炭か薪をくべて燃やし、ドラム缶の中部あるいは上部に固定してある金網の上に魚をのせるのである。とても火回りの効率がよく、大きな魚でもこんがりと上手く焼き上げることができた。

その鯛の頭の塩焼きを、五郎は一つ丸ごともらうことができた。焼いている時すでに香ばしい匂いが鼻孔を擽り、いざ焼き上がって目の前にある頭を見ただけで、涎は自然にピュルピュルと出てくる。

いよいよ鼓動高鳴らせて、先ず白く丸い玉の見える目玉の凹み辺りに箸先を入れ、その部分をごそっと取って口に含んだ。すると口の中には、トロトロ、ブヨブヨとした粘膜状の滑らかな感覚が広がり、そこからペナペナとした脂肪やゼラチン質のコクが湧き出てきて、さらに耽美的なほどの微かな甘みも流れ出してきた。勿論、このような美味の表現あるいは捉え方など少年五郎には出来ない筈であるが、彼はこの美味の表現と同じような感覚で味わっていたのである。

そして次に頭を手で摑んで両方の鰓を剝がし取り、中にある骨に付いている肉片や脂肪をペロペロとしゃぶり取り、軟骨までもコリコリと噛み砕いて味わった。そして、真鯛の頭一つをすっかりと堪能し終えてから、ほぼ骨だけになった頭をじっと見つめながら、何と魚の粗は美味しいものなのかと、しみじみと感じ入るのであった。

以上が五郎が粗をこよなく愛することになった原点の話である。そして、こんなに美味いものを自分だけのものとして知っていたのでは勿体ない。多くの人に粗の真味を知らせて、喜ばせてあげたい。こうして彼は二十年以上もの間、ずっと粗料理店開店を夢見ていたのである。

それまで誰にも明かしたことはなかったが、日増しにその夢は大きくなり、料理屋の場所は築地でも銀座に近い辺りがいいだろうと見極め、休みの日に物件を探していたのである。

東京で最も高級志向で知られる街、流行の最先端を行く街のすぐ近くに魚の廃棄物だけを使う料理屋を開こうというのだから、恐らく大方の人は「無謀にも程がある、三日も持てばいい方だ」と鼻で笑うだろう。ところが五郎は、本当に行動を起した。たった独りで。

第二章　粗屋(あらや)開店

　五郎は、魚の運搬用特別あつらえの自転車で築地市場まで毎日通勤していた。この自転車は魚市場ならどこでも目にするもので、車体と荷台を頑丈にするために自転車の中央には鋼鉄製のフレームが三角形に配され、ハンドルもタイヤの回転軸となるハブも鋼鉄の塊のように逞(たくま)しい。スポークもチェーンもちょっとやそっとの衝撃では壊れない。

　五十五歳となった誕生日の十月八日、五郎はいつものように荷物運搬用の自転車で出勤し、午前中のマグロの解体作業を片付けると、社長に「もうそろそろ後進に道を譲ろうと思いまして、この辺りでお暇をいただきたいのですが……」と申し出た。

　あまりにも突然の話に、四十年も五郎と仕事をしてきた社長は驚きあわてたが、五郎がその理由を詳しく説明すると、「そういうわけなら、俺も応援するよ。がんばってみな」と、意外にもあっさりと退職を許してくれた。

最後の日の朝もいつも通りに本マグロを見事に捌き、社長から退職金と餞別などを受け取ると、記念に貰い受けた愛用の荷物運搬専用自転車に跨がって、悠々と築地市場を後にした。

五郎が始める料理屋の名前は、その名もずばり「粗屋」である。普通「粗」と聞いて思い浮かべるイメージは、けっして良いものではないだろう。生臭いし、捨てられるものだと思われている。

しかし粗には、頭や目玉、骨、鰭、皮、血や血合い、浮袋、胃袋、心臓、肝臓、腎臓、腸、砂ずり、中落ち、腹須、白子、卵巣など、使えるところがたくさんあるのだ。さらに、粗には栄養がある。カルシウムやマグネシウム、カリウム、リンといった重要な無機質が多量に含まれている。つまり粗は滋養成分の塊なのである。

五郎は、近ごろの日本人が骨粗鬆症や不定愁訴、精力減退などを訴えるのは、ミネラルが不足しているからだと考えていた。だから、美味い上に、ミネラルを補える料理を出す「粗屋」は絶対に当たると考えたのである。

コラーゲンやコンドロイチンといった成分が多いことも粗の特徴で、膝や足腰の衰えを訴える人が激増している今の日本には、うってつけであり、さらには美肌効果を期待する女性客もやってくるに違いない。加えて粗には、蛋白質と脂肪は勿論のこと、活力源のアミノ酸やペプチド、ビタミン類などもたっぷりと含まれているから、疲れきった現代人はこぞって粗汁を啜ってくれるにちがいない。

さまざまな粗の中でも、五郎が最も自信を持っていたのは粗から湧き出てくる複雑極まりないうま味である。四十年近くも魚料理をつくり続けて、粗の美味しさを知り尽くした五郎は、魚好きの食通たちを粗料理という未知の領域に誘い込み、その虜にしてしまおうと目論んだのである。

材料の粗は、築地から新鮮な状態でいつでも手に入れることができる。しかも、粗は魚を解体するときに出る廃棄物で、大概は捨ててしまう部分だから格安だ。あとはどんな料理を出すかである。五郎は入念に献立を検討し、試作しつづけていた。料理のレシピや用いる器などを記したノートがすでに十九冊ある。たとえば突き出しには、鰹の腸でつくる酒盗、烏賊腸の塩辛、鰹の心臓の串焼き、鰻の肝焼き、鮭の腎臓のメフン（塩辛）、鱧の皮膾など、二十を超す料理が記されている。

酒も重要だ。全て粗に因んだものを出すことにした。寒い冬には、まず河豚の鰭酒、そして熱燗。夏の暑い日は、キリリと冷やした日本酒に海鼠の腸を入れた海鼠腸酒がいいだろう。一年を通して、食前酒には鮃の骨酒、食中酒には真鱈の白子酒、食後酒には虎魚の鰭酒などである。

五郎の手にかかれば、どんな魚の粗も、粗煮、粗炊き、粗汁、粗チリ鍋、潮汁、骨団子、粗摘入、甲焼き、甲煮、鰭スープ、空揚げ、皮焼き、鰭や縁側の焼き煎餅など、自在の料理法で美味しく変身してしまうのである。

締めに飯を食べたい人には、「粗茶漬けシリーズ」まで用意している。塩引鮭の頭を焼き、皮をむしり取って刻む。もちろん頭の軟骨である氷頭も刻み込む。それらを飯の上にのせ熱い茶を注ぐ「氷頭茶漬け」。こんがりと焼いた鮭の皮をのせる「鮭皮茶漬け」。「鰻肝の佃煮の茶漬け」、「鮪の中落ち茶漬け」、「烏賊腸の塩辛茶漬け」、「鮎の腸の鱁鮧茶漬け」、「蛸の子塩辛茶漬け」などがある。

茶漬けでなく、飯を食いたいという客には「粗丼シリーズ」だ。鱧の皮を甘塩っぱく煮付けたものを丼飯にのせて蒸す「鱧皮丼」。鱓の皮を蒲焼きにして飯にのせた「精力丼」。さまざまな魚の胃や皮などを合わせて、甘塩っぱく煮付けた汁を冷蔵し、凝固した煮凝をぶっ掛けた「煮凝丼」。「鰹の腹須の生姜焼き丼」。鮭の白子を天麩羅にし、甘塩っぱいタレをかける「鮭白子の天丼」などである。さらには、金に糸目をつけないという客には、スペシャル粗料理コースが用意されている。

ついに「粗屋」開店に向けて行動を開始した五郎は、まず築地場内従業員共同アパートから歩いて五分ほどの賃貸アパートに引っ越した。独り身だから生活するのにそれほど大きな部屋は必要ないが、料理の下拵え（したごしら）や試作のために、台所だけは立派なものにしたかったのである。そのために築地市場で旧知の設備業者に、流し台、ガスレンジ、給湯器、食器洗浄機などの備品一切を注文し、備えつけた。その設備業者は、五郎が勤めていた鮪仲卸会社に何かと世話になっていたので、恩返しとばかりに実に協力的に施工をしてくれ、予想以上に使いやすい台所が出来上った。その上、工事費などを含めた代金を二割も安くしてくれたのである。

さて、店を始めるに当って最も大切なのは、場所をどこにするか、である。築地周辺や銀座界隈（かいわい）は目を瞑（つぶ）っても歩けるほど知り尽くしている五郎には、何年も前から目を付けていた場所があった。大通りに面してはいない。そこはかとなく下町の風情（ふぜい）が残り、庶民的だけれど、どこか洒落（しゃれ）ている、そんな場所を五郎は抜け目なく見つけていた。

そこは、銀座四丁目の交差点から晴海通りを築地四丁目方向に向かい、万年橋を渡ってしばらく行って右に入った横丁である。築地市場に近いため、乾物屋や雑貨店、包丁屋などもあり、築地の雰囲気も感じられる。今はうら寂しいが、昔はアーケード商店街だったのだろう、屋根を取り払った跡の鉄骨があちこちに残っている。五郎には、その情景が捨て去られていく粗に重なって見えたのかもしれない。

その横丁にシャッターを下ろしたままの店舗があって、一枚の紙が貼られていた。

「貸店舗（但し飲食店専用）

連絡先：山路ビル代表　山路桂一
TEL：0557―××―××××」

五郎は改めて数日考えたが、やはりここしかないと、意を決して電話をかけた。

「ハイハイ、山路でございますが」

と、ちょっと年配と思われる女性が応じた。

「あの、私、東京から電話をしています鳥海五郎という者ですが、実は築地の貸店舗のことでお聞きしたいと思いまして……」

「ああ、ハイハイ、ちょっとお待ち下さい」

そして受話器の向うで、

「じいちゃん、電話、電話」

という小さな声。しばらくして、

「ああ代りました。山路です」

「私、鳥海五郎と申す者で東京から電話をしています。築地の貸店舗のことで、お聞きしたいことがありまして……」

「どんなことでしょうか」

「できればお借りしたいと思って……」

「ああ、そうでしたか。私、今ね、伊豆の伊東にいるのですよ。ですから電話では何ですから……、急ぎますか？」

「ええ、できれば早いほうがいいのですが」

「ちょっと待って下さい。今、手帳を見ますから……」

そしてまた受話器の向うで、

「ばあちゃん、ばあちゃん、手、手帳、ここに早く持ってきて……」

という声。

「すみませんね。ちょっと待って下さいよぉ……」

と、また間を置いてから、

「ああ、ちょうどよかった。私ね、今度の金曜日ですがね、東京に用事があるんですよ。その時に会いませんか。えーと、午後二時ではどうでしょうか。私、午前中に用を済ませておきますから」

「それはありがたいです。それでは三日後の金曜日、午後二時に店舗の前でお待ちしています。何かありましたら、この番号にご連絡下さい」

と自分の電話番号を伝えた。

「はい、ごていねいに。よくわかりました。では金曜日に」

三日後の午後二時少し前、五郎が貸店舗の前に立っていると、ほどなく八十歳を少し越したぐらいの品のいい老人が右手でステッキをつきながらやってきた。五郎が挨拶すると、山路はとにかく近くの店に入って話をしましょうと言って歩き出し、何の躊躇もなく「レストラン　路」という名の洋食屋に入った。五郎は以前この店で魚フライ定食を食べたことがあった。

二人が店に入って行くと、レジ横に座っていた店員がさっと立ち上がり、

「あっ、社長っ、いつ出てこられたんですか」

と、びっくりした顔で声を上げた。

テーブルについて、話を聞いてみると、山路は「レストラン　路」のオーナーで、三年ほど前まで店を切り盛りしていたのだが、持病の足の関節痛が悪化したのを機に、温泉付きのマンションを伊東に見つけ、そこに移り住んだのだという。転居するまでは貸店舗のあるビルの最上階の五階に奥さんと二人で住んでいた。

一階で経営していた「築地鉄板焼　桂」は去年閉店してしまったが、ガスや水道はそのままになっているから、いつでも使えるという。二階、三階、四階は倉庫として、

築地場外にある乾物屋に一括貸しをしており、五階は山路夫妻の住居としてそのまま残してあるのだという。賃貸料も願ってもない条件であった。

五郎は、その一階で「粗屋」という料理屋を開きたいので、ぜひ貸して欲しいと熱く語った。山路は五郎の礼儀正しく真面目（まじめ）な人柄にすっかり感心し、その場で貸すことを約束してくれた。

「鳥海さん、せっかくこうしてお近づきになったのだから、どうですか、今日は私の店で夕飯（ゆうめし）でも食べませんか。今日はここに泊るつもりなので、時間はたっぷりあるのです」

五郎は、せっかくの誘いであるし、もっと詳しい話もしたいので、申し出を受けることにした。二人は、いったん別れて二時間後に再び店で待ち合わせることになった。

二時間後、ビールで乾杯したあと、ワインも開けて盛り上がり、話がどんどん弾んでいくうちに、二人には思いがけない接点があることが判明した。

「で、鳥海さんはこの近くにお住まいですか」

「ええ、ここから歩いて十分ぐらいのところにある月島小学校近くのアパートです」

「ああ、そう。川向うのね。私はね、月島ではなく、ここのすぐ近くにある明石（あかし）小学校でしたよ。それで今までどんなお仕事を？」

「築地市場の鮪仲卸店で三十五年もの間、ずっと捌き屋をやっておりました」

「それはそれは、かっこいい仕事をなさっていましたねえ。私も小さいときは捌き屋に憧れましたよ。なにね、小学校が同じだった仲のいい友人の家が仲卸だったものでね、夏休みなんかは朝早く起きて奴のところに行って、マグロの解体を見せてもらったりしてました」

「一本何十万、何百万円もするマグロですから、三十五年捌いていても、毎日が真剣勝負でした」

「そうでしょう。で、どこの仲卸ですか？　何せ築地には魚の仲卸だけでも数百軒もあって、そのうちマグロ専門の仲卸は三百五十軒あるって聞いてますからね」

「ええ。屋号が『つ印』の津野水産。登録番号６８２３番でした」

五郎がそう答えると、切り分けたカツレツの一切れをフォークに刺し、正に口に入れようとしていた山路が動きを止めて、

「なっ、なんですって……、『つ印』ですってぇ……。それじゃ津野君の店だよ、それは……。津野総一郎君だ。ええっ？　鳥海さんはその店で四十年も働いていたのかい？」

「はい。津野総一郎は、私が勤めていた店の会長ですけど……。どうして山路さんは

知っておられるんですか？」

「知ってるも何も……。たった今話した仲のいい友人って、その津野君のことなんですよ。明石小学校で同じクラス。級友であり親友だったんですから」

「えええーっ、そ、それは驚きです。本当に不思議な話ですねえ。世間は狭いといいますが、正にこのことですね」

「いやはや、そんな縁のある人に店を貸すことになるなんて、こりゃ本当に奇遇だ。早速今夜にでも久しぶりに津野君に電話して、この事を教えてやろう。彼もきっとびっくりしますよ」

「そうですか、会長にくれぐれもよろしく伝えて下さい」

　こうして、話はとんとん拍子に運び、その一週間後には借りた店舗の改装を始めることになった。何をするのも手早い五郎は、「粗屋」の内装の設計図をすぐに書き上げた。

　そして、施工は郷里で親友だった藤田栄助にまかせると前から決めていたのである。栄助の家は、五郎の所から三軒しか離れていない所謂(いわゆる)隣組の関係にあった。父親は銛(もり)や簎(やす)など刺突(さしつき)漁具をつくる職人である。二人は小学校、中学校共に同じ教室で学び、小さい時から何をするのも一緒で、兄弟のような関係であった。二人は中学校を卒業

してすぐに集団就職列車で東京に行くのであるが、隣り合わせの車中でも五郎は、

「栄ちゃんの行ぐどこは墨田区っていうどこだべ。俺んどごは中央区っていうどごで、地図で見だらばそんなに遠くでねえ。休みの日あったら、どごがで会って映画でも見っぺな」

という。すると栄助も、

「んだな。五郎ちゃんどこにそのうぢ手紙出すがら、そしたら会うべよ」

そんな会話をして上野駅で別れている。栄助は墨田区亀沢にある工務店に大工見習いとして雇われたのである。そしてその車中での約束どおり、二人はたまたま休みの日が合うと、上野や浅草あたりで映画を見たり、ラーメンを啜ったりしていたが、成人してからも年に二、三度は会って酒を酌み交わしていたのである。二人は無二の親友であり続け、気がつけば五郎は築地魚市場の鮪仲卸の中で右に出るもの無しといわれる捌き屋となり、栄助は、三人の弟子を抱える大工の棟梁になっていた。五郎は、栄助に自分で設計した「粗屋」の内装案を見てもらい、いくつか修正してもらったのである。

五郎から連絡を受けた栄助は、すぐに弟子たちを連れて築地にやってきてくれた。

そこで五郎は内装工事の一切を栄助にまかせて、田原町にある通称「かっぱ橋道具

街」に行くことにした。行く先は山路桂一から紹介された「一式屋」という店である。会食した折、山路は願ってもない話をしてくれていたのである。

「鳥海さんはあそこに粗料理専門の店を出すということだが、鍋とか包丁とか皿や丼、茶碗など、道具類はもう揃っているのかな？　何か困ったことがあったら、うちの牧田雄二という厨房長に相談するといい。牧田君はとても気のいい奴で、きっとあなたとも馬が合うと思いますよ。いま紹介しますよ」

「それは心強い限りです。料理道具や食器などは、かっぱ橋道具街に行って調達しようと思っていたんです」

「かっぱ橋には、どこか知り合いの道具屋でもあるのですか？」

「いいえ、まったくありません。何せ初めて行くものですから。行き当りばったりに、あちこちの店を覗いてみようと思っていました」

「それなら『一式屋』を訪ねてみるといい。築地の山路の紹介だといえば、店主が相談に乗ってくれると思いますよ」

「うわぁー！　それは大助かりです。ずぶの素人が、大量の道具を仕入れるのですから、実をいうと、ちょっと不安だったんです。これでもう、大船に乗った気分です」

田原町駅から歩いて五分ばかりのところにある「かっぱ橋道具街」には、二百近い店が軒を連ねている。そのほとんどが厨房用の道具屋で、包丁、鍋釜、フライパン、俎板、食器、炊飯器、厨房機器、箸、幟、エプロン、食品サンプル、レジスター、布巾・雑巾などなど、家庭用、業務用を問わず、さまざまな道具が売られている。そのため、新生活を始めようとする人や飲食店を開業しようという人たちは、必ずといってよいほど訪れるのである。

五郎は、「一式屋」を探しながら道具街を歩いて、ほどなくその店を見つけた。思っていたより店舗は大きく、厨房道具と食器の総合量販店のようなところであった。おそらく、この店だけで必要なものはほぼ調達できそうである。店に入って行くと、若い女性店員が笑顔で、

「いらっしゃいませ」

と声を掛けてきた。

「あのお、私、鳥海と申しますが、社長さんはいらっしゃいますか。今度築地に料理屋を出すことにしたのですが、いろいろと相談に乗って欲しいと思いまして……」

「ありがとうございます。どうぞこちらへ」

と言うと、五郎を店の奥にある応接室に案内した。

「ここで少しお待ち下さい」

そう言って出て行くと、すぐに、別の女性がお茶と菓子を持って現われた。茶を一服して部屋の様子を眺めていると、大柄な男性が入ってきて、「いらっしゃいませ。店主の山野井弘です。鳥海さんですね。お待ちしておりました」と言って、名刺を出し、

「二、三日前に築地の『レストラン　路』の牧田さんから電話をいただきまして、近いうちに鳥海さんという方がそちらに行くから相談に乗ってあげて下さいと頼まれました。牧田さんにはお世話になっておりましてね。いやはや今日はよくおいで下さいました」

五郎は主人の親しみを込めた応対ぶりや、牧田厨房長から紹介の電話が入っていたことに改めて感謝した。

山野井は、さすがに「かっぱ橋道具街」を代表する老舗（しにせ）の主人だけあって、五郎から店の厨房の大きさ、設備、料理の内容、予想される一日の客の人数などを聞くと、すぐに必要なものをリストアップしてくれた。大工の栄助のすすめで設計図のコピーを持っていっていたことも役立った。おかげで、その日のうちに道具類をほぼ揃えることができたのである。

ここまでは、恐いほどとんとん拍子に事が進んだ。夜、アパートの一室で、天井の

一点をじっと見つめていると、津野総一郎や山路桂一、藤田栄助、牧田厨房長、さらには山野井弘などの顔が次々に思い浮かんでくる。五郎は、

「そうか、やっぱり人なのだな。信頼の置ける人と人との繋がりこそが肝腎なんだ。駅伝の襷を渡されるように、思いがけなく人と人が繋がっていく。ありがたい限りだなあ」

などと考えているうちに、眠りに落ちた。

翌日、五郎は久しぶりに早朝四時にアパートを出て、後輪の泥除けカバーに真っ白いペンキで「粗屋」と書いた愛用の荷物運搬専用自転車に跨り、築地中央卸売市場に向かった。

「つ印」に顔を出すと、会長が、

「おお五郎、来たか。ちょうどいい。さっき極上のマグロを競り落としてきたから、一丁捌いてみなよ。マグロの野郎な、五郎に捌かれるなら本望だって言ってたぞ」

とからかう。相変らず威勢がいい。

「おやじさん、今日は頼みがあって、伺ったんです」

「おっ、山路君から電話をもらったよ。五郎が山路君から店を借りることになるなんて、本当に奇遇だな。で、粗料理屋の準備は進んでいるのか？　まあ、がんばれや。

それで頼みって何だ？」

「マグロの粗と頭を分けてもらいたいんですよ」

「そんなことなら、何の問題もねえ。横山に話しといてくれればいいわ」

横山は五郎の弟子だった一人で、マグロをおろしたときに出る巨大な中骨からスプーンで中落ちを掻き取る役を任されていた。「つ印」の中落ちは格別に質がよく、美味しいというので一流鮨屋の間でも取り合いになるほどなのである。五郎が見習いだったころは、赤貝の貝殻で中落ちを掻き取っていたが、今はどこでもスプーンを使っている。横山に言っておけば、中骨の肉だけでなく頭や頬から出る脂肪の乗ったすばらしい肉も分けてもらえるだろう。五郎は会長に礼を言い、横山のところへ行って事情を話した。

横山は「まかしといて下さいよ」と、二つ返事で承知してくれたので、五郎は再び自転車に跨って次の店に向かった。

築地市場水産物部の敷地は広大で、その構内を移動するには自転車が最適だ。場内は「鮪競り場」、「近海物鮮魚卸売場」、「特種物卸売場」、「海老競り場」、「手繰物鮮魚卸売場」、「遠洋物鮮魚卸売場」、「鮭・鱈子卸売場」、そして「塩干魚卸売場」の八つの部門に分かれている。

「つ印」は「鮪競り場」の正面奥にあるが、五郎はそこから「近海物鮮魚卸売場」に向かった。ここでは、江戸前と呼ばれる東京湾ものや近海で獲(と)れた魚介を主に扱う。五郎は友人が働いている中堅どころの仲卸屋を訪ねた。そこで鮃(ひらめ)や鰈(かれい)、真鯛、鱸(すずき)、虎魚(おこぜ)、目抜(めぬけ)などの粗を分けてもらえるように頼んだのだ。さらに「相応の金を払うから、新鮮そのもの、そして脂肪が乗って美味そうなものを頼むよ」というと、こちらも二つ返事で承知してくれた。昔から築地の魚市場で出る粗の一部は、店の所有物から離れて従業員の判断で処分してよいという仕来(しきた)りになっている。いわば粗は彼らの小遣い稼ぎにもなっていたのである。

次に向かったのは「手繰物鮮魚卸売場」の中央部に店を出している「八潮丸」という仲卸である。「手繰物」とは、前浜(まえはま)で手繰網を使って漁をした魚や、海底に下ろした手繰網を船で曳(ひ)いて獲った魚などをいう。この「八潮丸」には、通称「近(こん)ちゃん」という気持ちのさっぱりした男がいて、五郎とは市場食堂で馴染(なじ)みになり、時々酒を酌み交わす仲になっていた。

近ちゃんは五郎が「つ印」を辞めたこと、そしてこれから「粗屋」をやることも知っていた。そして、女鯒(めごち)、真鯒(まごち)、真沙魚(まはぜ)、目張(めばる)、魴鮄(ほうぼう)、笠子(かさご)、金目鯛、穴子などの粗を必ず取っておくと約束してくれた。五郎は、この築地場内の人脈も「粗屋」の襷のひとつだと思った。
「八潮丸」の次は「遠洋物鮮魚卸売場」に行き、その後は「特種物卸売場」と「海老競り場」を回り、最後に「鮭・鱒子卸売場」と「塩干魚卸売場」に向かった。五郎は、築地場内市場に四十年も勤めていた名物男だったから、どの卸売場でも温かく迎えてくれた。

こうして、築地魚市場場内仲卸業者の知人たちから「粗屋」で使う新鮮で美味しい粗を分けてもらうことになったが、五郎はそれを只(ただ)で貰おうなどとは全く考えておらず、正身(しょうみ)の魚の値段と同じ金額を支払うつもりだった。そこには五郎ならではの、三つの哲学があった。

第一は、御代(おだい)をいただく料理を只で貰ってきたものでつくるなどということほど客を愚弄(ぐろう)した話はない、というものである。逆に言えば、材料が只であれば、客から代金をもらうわけにはいかない、というのである。

第二は、粗といっても、おろす直前までは同じ魚の体の一部であったのだから、正身と値に差をつけるのはおかしい、というものである。

第三は、正身の値と同じ金額で粗を買うとなれば、売る方もいい加減なものは決して渡せない、ということである。

いずれも粗の価値を知りつくし、粗に畏敬の念すら抱いている五郎ならではの哲学である。

翌日は、愛用の自転車に跨って、築地、銀座、新橋、有楽町、日比谷などにある有名な鮨屋を回った。「つ印」を退職した挨拶と、「粗屋」で使う粗の買い取りの話である。五郎が「つ印」でマグロを捌いていたときのご贔屓ばかりなので、どの鮨屋も快く話を聞いてくれた。銀座のある老舗の主人などは、

「粗屋ねえー。面白いことをやるじゃねえか。俺も一枚加わりてぇぐれえだよ。しっかりやんな、毎日、いい粗を出してやるから」

と、心強い返事をしてくれた。また粋人として知られる日比谷のご隠居は、

「俺が一番乗りしてやるから、予約を入れておいてよ」

と、こちらは嬉しい門出の言葉である。

一番力づけられたのは、地元の築地にある鮨屋の先代の言葉であった。

「あんた偉いねえ。粗屋なんて、誰ひとり考えもしなかった。面白れえよ、それ。俺もね、じつぁ粗が一等美味い部分だと信じてきたから、今でも晩飯には、捌いて出た粗を炊きものにしたりしてるよ。煮凝を熱い飯にぶっ掛けた猫飯なんざぁ、極楽の味だね。その粗を使った料理を、ふんだんに食えるときた日にゃ、お客さんも幸せとい

うもんだ」

さて、客から代金を取って料理や酒肴(しゅこう)を提供することを生業(なりわい)とする者は、「調理師法」という国の法律に基づいて、都道府県知事の免許を取得しなければならない。築地魚市場でマグロを捌いていたときには、「食品衛生法」で義務付けられている東京都の研修会に定期的に出席していたが、料理屋を始めるとなれば、調理師免許を取る必要がある。五郎は、その点も抜かりがなかった。「つ印」で働きながら、その準備をしていたのである。マグロを捌いたあとは自由な時間がたっぷりあるので、独学で勉強し、都が年一回行なう調理師試験に見事一発で合格していたのである。

栄助にまかせた内装工事も滞りなく終了し、「一式屋」から調理道具や食器なども納入されて、あとは営業許可に必要な保健所の立入り検査を受けるばかりとなった。もちろんこれにもパスし、目出度く開店の運びとなったのである。開店日は、店舗完成から五日後の大安吉日と決めた。その日までの四日間というもの、五郎は朝から晩まで天手古舞いの忙しさであった。軌道に乗るまでは、料理も、盛り付けも、皿洗いも、後片付けも、客や電話の対応も、何もかもひとりでこなすと決めていた。領収書やショップカードなどの細かな備品も揃えなければならない。あれこれ気づくたびに愛用の自転車で東奔西走したのである。

準備を始めた二日目の午後二時頃、「レストラン 路」の牧田厨房長が様子を見に来てくれた。そして頼まれてもいないのに、ああだ、こうだと言いながら進んで手伝いをはじめた。するとさすがである。数時間のうちに、料理屋の体裁が整っていく。さらにありがたいことに、翌日も同じ時間帯に手伝いに来てくれるという。五郎は人との繋がりのありがたさをさらに嚙みしめたのであった。

牧田厨房長は五郎と初めて出会った時から、その人間性を見抜いていたのか、気が合うと思って意識的に近づいてきた。これといった友人もいなかったこともあり、淋しかったときの出会いだったので、五郎に尚更親しみを持ったのであろう。一方五郎の方も、愛想のいい牧田の人柄と裏のない正直さを読み取って、自分の方からも近寄っていったのである。

そしてこの二人には、共通した四つの過去があり、それが互いの絆を結びつける要因でもあった。その一つは、共に戦後派で、さまざまな苦労を経験して生きてきたこと、二つめは共に中学校を卒業してすぐに五郎は福島県から、牧田は長野県から東京に出てきた集団就職組であること、三つめは、五郎が漁師の末っ子、牧田は農家の末っ子という共通した境遇を持つことも絆を強くしている。そして四つめは、二人とも調理師免許を取得している料理人であるということで、仕事仲間と意識しあえる間柄なのである。

いよいよ明日開店という日の夜、これまで世話になった人を招いて、ささやかな前夜祭を催すことにした。声をかけられた人たちは、それぞれに花束や祝儀（しゅうぎ）などを持ってやって来たが、一番乗りは貸主の山路桂一と「つ印」会長の津野総一郎である。次いで「一式屋」の山野井弘、続いて「八潮丸」の近ちゃん、牧田厨房長などがやって来た。ほかには銀座と日比谷の鮨屋のご隠居、築地の鮨屋の先代、それに五郎の友人で築地の仲卸会社の従業員らを加え、総勢十五人である。大工の藤田栄助は招待客というよりは五郎に付きっきりで、むしろ主催者側の立場であった。

山路たちは「粗屋」の前に立ち、つくづくと店を眺めた。まず全体は、落ちついた純日本風で、路に面した入口の開き戸は檜（ひのき）の一枚板、その左右にある明り取りを兼ねた障子は全て格子（こうし）の縞（しま）透かしで誂（あつら）えた。江戸切妻風でなかなか味わい深い。入口の頭上には、鬱金（うこん）で薄く染めぬいた麻製の暖簾（のれん）が下げてあり、その中央に藍色（あいいろ）で「粗屋」と小さく染められている。

店に入ると、半円状のカウンターがあり、内側に五郎が入って料理をつくりながら、客に応対する形になっている。店の中央には四人掛けのテーブルが三つ置かれている。一番奥には、あまり目立たぬように、無地の麻暖簾が掛けられていて、そこが化粧室となっている。

前夜祭は立食とし、カウンターやテーブルの上には、六種類の料理が盛られた皿鉢が置かれた。もちろん料理は粗を使ったものばかりである。

カウンターの奥の方から時計まわりに、一品目は鰤の粗を使った「鰤大根」である。新鮮な鰤の頭や中骨をやや大きめのぶつ切りにして、たっぷりの湯に一度くぐらせ、霜降り状にする。大根は厚さ四センチぐらいに輪切りにして皮をむいてから半割りにする。大きめの平鍋に大根を並べ入れ、水をたっぷり注いで強火にかける。煮立ってきたら中火にして、竹串が大根にスーと通る程度になったところで鰤の粗を入れ、酒、醤油、砂糖、味醂で味をつけ、あとはときどき煮汁をかけながら、その煮汁が少し残る程度で火を止める。皿鉢に盛られた大根は半透明の飴色に染まり、鰤の皮の光沢ある黒、骨に付いている肉身の琥珀色とあいまって食欲をそそり、見るだけで涎がピュルルと湧き出てくるのであった。

五郎は調味料にも惜しむことなく金をかけた。日本酒は味の濃厚な純米酒、醤油は千葉県銚子と和歌山県湯浅の老舗のもの、味醂は岐阜県川辺産の三年熟成、味噌の赤は仙台、豆は尾張、甘味は京都、辛系は信州と、それぞれ評判の高い蔵元のものを使っている。

二品目の大きな皿鉢には、真鯛の頭二つを使った「鯛の粗煮」を豪快に盛った。真鯛の頭を、口から包丁を入れて半分に割り、熱湯をくぐらせてから水にとって鱗（うろこ）や細い血管などを洗い流す。鍋に酒、味醂、醬油、砂糖、塩などを合わせて煮汁をつくり、それを煮立てたところに頭を並べ入れる。そこに生姜の薄切りを入れてから、落とし蓋（ぶた）をし、強火で煮立てたものである。皿鉢に盛って、上に山椒（さんしょう）の葉を散らす。大きな目玉のまわりのトロトロとした感じや、ぶよぶよとした厚めの唇の皮の美味しさはたまらない。

三皿目と四皿目は鰹の腹須（はらす）料理二種である。腹須とは鰹の砂ずりの部分を皮ごと切り取ったもので、脂肪やゼラチンがたっぷり乗って誠に美味だが、一般的な料理ではほとんど使われない。腹須料理の一つは「腹須の生姜焼き」で、腹須を、おろした生姜の搾（しぼ）り汁に漬け込んでから、塩を振って焼いたものである。腹須の身の大半は脂肪とゼラチンなので、口の中でコリコリとしながらトロトロと溶けていく感覚は絶妙である。もう一つの腹須料理は衣をつけて油で揚げた「腹須の天麩羅」で、辛口の日本酒や焼酎（しょうちゅう）にピタリと合う肴（さかな）である。

五皿目の料理は、その日一番好評だった「烏賊（いか）の腸煮（わたに）」である。一番大きな皿鉢に盛ったにもかかわらず、またたく間に招待客の胃袋に素っ飛んでいった。この料理の調理は甚だ簡単である。新鮮な烏賊から腸、あるいはコロと呼ばれる肝臓を、袋を潰さないように取り出し、身は頭の先から脚の先までぶつ切りにしておく。鍋にバターの塊を入れて溶かし、ニンニク数片を粗潰しにして加え、そこに烏賊の身を入れて、その上から腸を袋から搾り出し、炒めながら全体にからめて、塩と胡椒で味をととのえて出来上りである。一度食べたら忘れられなくなるほどの魔性を秘めた味で、烏賊の上品なうま味と優雅な甘み、肝臓からの濃厚なうま味、バターのコクなどが絡み合って絶妙なのである。この料理は、店では熱い飯の上にぶっ掛けて、「烏賊の腸煮丼」としても出す予定であった。

最後の大皿鉢は、この日最も高価な粗料理である「紅焼大魚白翅」、つまり「鱶鰭の醤油味の姿煮」である。鱶とは、鮫類の中でも、特に大型のホオジロザメ、ヨシキリザメ、ヒラガシラ、メジロザメ、シュモクザメ、オナガザメ、アオザメ、ネズミザメ、ウバザメなどをいう。これらの鱶の鰭を乾燥させたのが中国料理の高級食材「魚翅」で、ホオジロザメやヒラガシラのものが最良とされる。築地に入ってくるのは主に宮城県産と岩手県産の三陸ものが多いが、その夜の鱶鰭は、三日前に築地市場の「塩干魚卸売場」に入ってきた気仙沼産の特上品である。値も張るが、仲卸店の仲間値で少し安く買うことができた。

鱶鰭といっても、部位によって値段は異なり、尾鰭、背鰭、二枚の胸鰭と、合計四枚ある中で最も高いのは大きな尾鰭で、五郎はその日、五十枚も仕入れている。五年ほど前に、築地の乾物屋で小さな鱶鰭を買い、何度かこれを使って姿煮をつくってみたことがあった。しかし、中華料理の知識はなかったので、乾物屋へ何日も通って主人から鱶鰭のことをしつこく聞き出したのである。

そのとき、乾物屋の主人から教えられた情報の中で一番重要だったのは「鱶鰭は色を見て買え」ということであった。

「白い鱶鰭が一番だよ。この店に買いにくる中国人の料理人は白翅(パイチー)と呼んでいるがね。逆にあまり良くないのが黒い色をした黒翅(ヘイチー)だ。それからね、生で干した鰭は青翅(チンチー)、煮てから干したものは堆翅(トイチー)ということを覚えておくといいよ。あとね、よく光翅(コワンチー)と書いた紙札を目にすることがあるけど、あれはね、鰭ではなくて軟骨を薄く切ってから干して固めたものだ。それからね、これを参考にするといい。鱶鰭の調理法をわかりやすく説明したものさ。宮古(みやこ)の乾燥屋(かわかしや)がつくったんだがね、実によくできているよ」

と言ってＡ４サイズの刷り物を一枚渡してくれた。そこには、おおよそ次のようなことが書かれていた。

「鱶鰭を袋から慎重に取り出し、まず一晩水に浸してから、皮や砂、汚れなどを洗い落とします。これを鍋に入れ、とろ火で三時間ほど煮て下さい。別の鍋に水を張り、そこに煮た鰭を入れて、付着していた肉質部を指の力を抜きながらていねいに取り去って下さい。鰭には、少し臭いが付いているので、この臭気を抜くために長ネギのぶつ切りと潰した生姜を加えてから再び煮はじめます。しばらくしたら火を止め、また水を加えてから再び火を入れて煮、また火を止めて水を入れ、そして……」

と、鱶鰭の調理法が丁寧に記されている。最後に、

「……こうしてやわらかくなりましたら、形を崩さないようにして、実はここが一番大切なところなのですが、心を落ちつかせて、そっと鍋から取り出したら、笊に移して水切りし、いよいよ料理にとりかかって下さい」

と書かれている。この刷り物を読んだ五郎は、全体に優しさにあふれ、書いた人のほのぼのとした心が宿っていると思った。中でも「心を落ちつかせて」という辺りに五郎は深く感じ入ったのである。

前夜祭でつくった料理は、鰭を形のままやわらかく煮込んだものに、出汁と醬油で味を調えた葛餡をかけた「姿煮」であった。一般的な鱶鰭料理は、鰭をパラパラにほぐしてスープに入れる「魚翅湯」や、そのスープを鶏卵でとじた「抱蛋魚翅」だが、この日は鱶鰭料理の中で最高とされる「紅焼大魚白翅」にした。五郎が招待客をい

かに大切にもてなそうとしているかがわかろうというものだ。

いよいよ前夜祭の酒宴が始まった。藤田栄助が司会を務め、まず五郎が「粗屋」開店までの道程(みちのり)を話し、これまでの皆様のご尽力がなければ今日の日はあり得ない、今後とも、何とぞご支援を賜りますように、と挨拶した。続いて、招待客を代表して、この日のために伊東からやってきた貸主の山路桂一が祝辞を述べて、会場を爆笑の渦に巻き込んだ。

「この度はご招待にあずかり、来客一同を代表して御礼を申し上げます。鳥海五郎さんの『粗屋』開店、まずは誠におめでとうございます。長く私の山路ビルの一階店舗は空いておりまして、一体誰が借りてくれるのかなぁ、と遠く伊豆の海辺より案じておりましたが、鳥海さんが第二の人生の出発の店舗として借りてくれましたことは、望外の喜びであります。ご存知のように、昔は大いに賑(にぎ)わっていたこの築地四丁目の路地裏通り、通称『猫っ走(ぱし)り商店街』は、今ではすっかり人通りも少なくなり、猫さえチラリ、ヨタリ、フラリの有様であります。

ところが、そのように淋しくなった路地裏に建っている、傾きかけたビルの一階に、飲食店を出したいという変り者が現われたわけであります。一体何を食べさせてくれる店を出すのかとその変り者に聞きますと、いやはやその答えがびっくり仰天蛙(かわず)も仰(あお)

向けでありました。何と魚から出る腹腸や皮、骨なんぞの粗だけを料理して客に食べさせるのだという。ははあ、『猫っ走り商店街』で猫に餌をやる愛猫家現わる、か。はじめはそう思って、奇特な人もいるものだなぁと感心したのでありますが、よくよく聞いてみると、猫にやるのではなく、人間にやるのですよ、という。これはいよいよもって、更に重度の奇特人がいるものだなぁと思いましたところ、皆さん見て下さい、この豪華な料理を。これは凄い。猫なんぞに食わしてなるものか。私たちこそ、この店で美味い粗料理をどんどん食べて猫になりきって、『猫っ走り商店街』を再興させようではありませんか」

来客一同万雷の拍手である。

続いて五郎が皿鉢に盛られた粗料理について簡潔に説明すると、店内は一転静まり返り、一同耳をそばだてるのであった。

粗料理の説明が終り、「つ印」の津野総一郎会長が乾杯の音頭をとって、皆が声高らかに唱和し、いよいよ開宴となった。客たちは、左手に小皿、右手に箸を持ち、それっ！　とばかりに我先に大皿鉢めがけて散って行った。

しばらくの間、客たちは会話を楽しむ余裕もなく、粗料理をむさぼるように食べつづけた。五郎はその様子を満足げに眺め、ますます自信を深めたのであった。

この日用意した酒は、食前酒には河豚の鰭をさっと焙り、それに熱燗の酒を注いだ「河豚の鰭酒」。食中酒には、甘鯛の骨を狐色になるまでこんがりと焼いて丼に入れ、そこに熱燗の純米酒を注いだ「甘鯛の骨酒」。そして食後酒は通常の燗酒に海鼠の腸である海鼠腸を入れた「海鼠腸酒」であったが、一同は唸り声を上げて激賞した。

料理の中では、濃厚なうま味の中に特有のコクがある「烏賊の腸煮」があっという間になくなった。また、鰹の腹須を使った二種類の料理は、その美味しさと料理のスマートさに、一体これが粗料理なのかと、皆が口を揃えて褒めちぎった。「鰤大根」と「鯛の粗煮」は居酒屋で普通に食べられる料理ではあるが、五郎のものは、超新鮮な粗を使っている上に、味付けも絶妙で、そんじょそこらの居酒屋で出すものとは比べものにならない。

そして、一同がため息をつくほど感動したのはやはり「鱶鰭の醤油味の姿煮」であった。五郎は築地で仕入れた五十枚のうちの十五枚をその日の料理に使っている。招待客全員が鰭の姿煮を一枚ずつ味わえるのであるから、豪勢にも程がある。とろりとした餡をかけられた鱶鰭をレンゲで取って口に入れると、滑らかな餡に包まれた鰭が歯に応えてコリコリとしながら繊維状にほぐれていく。トロトロのゼラチン質から絶妙のコクとうま味が湧き出してくる。すぐに呑み込んでしまうのは勿体ないと、しばらく口の中でころがしていると、だんだんとすべてが溶けていき、ついにはピョロロンと喉の奥に滑り落ちてしまうのである。鱶鰭の美味さに悶絶しそうになりながら、一同は鳥海五郎という男は一体いつ、どこでこんな中華料理をつくる術を身につけたのだろうかと不思議がるのであった。

それもそのはずで、五郎は築地の乾物屋で鱶鰭のことを教えてもらったあと、八丁堀で開かれている社会人向けの料理教室の中華料理コースに毎週水曜日と木曜日の午後、愛用の荷物運搬用自転車を漕いで三ヶ月間通っていたのである。そこで修得した中華料理の材料の選び方や下拵え、油の使い方、スープの取り方、餡のつくり方、麺の茹で方、味付けなどの知識は、大いに役立った。

宴もいよいよ酣となり、酒の酔いも加わって賑やかさは増すばかりとなった。やがて司会の栄助に促されて牧田厨房長がスピーチをすることになった。さすがは「レストラン　路」の厨房長である。牧田はこの前夜祭に合わせて黒のダブルの背広に艶やかなピンク色の蝶ネクタイをしめている。

「えー『粗屋』の開店、誠におめでとうございます。私どものレストランとは歩いて五分とかからぬ、こんな近くに出店されたのでありますから、これからはライバル同士という間柄となります。築地の古き洋食レストランが勝つか、あるいは新しくこの地に参入してきて、わけの分からぬものを食べさせる新米の料理屋が勝つか、これは築地の今後を占う上で大変興味のある戦いであります。私ははじめ、この戦いはドーベルマンに挑むチワワ、あるいはアナコンダに挑む青大将ぐらいにしか思っておりませんでしたが、いやいやどうしてどうして。今日の料理を食べてみましたらば、百獣の王ライオンに挑む猛虎、あるいは北極熊に挑む羆（ひぐま）ぐらいに思えて参りました。『粗屋』はこの築地の名物料理屋として大化けするやもしれません。何を隠そうこの私が、明日からこの店に通いつめるのではないかと思うのであります。おっといけねえ、そこにオーナーがおりました。それではこれで」

一同爆笑。「では次に『一式屋』の山野井社長にお願いします」と栄助の声がかかる。

「鳥海五郎さんのおかげで、このたびはわが『一式屋』もいい仕事をさせていただき、本当に感謝の念でいっぱいです。粗屋さんのこれからの発展を心からお祈り致します。さて、私の店には新しく料理屋を開くということで、多くのお客様がこられますが、今回のような魚の粗だけの料理屋を開く、などという例はこれまで全くありませんでした。

実は私は、直接お客様のお店に伺うことはなく、店員にまかせているのでございますが、今度だけは違いました。粗料理と聞いただけで、急に興味が湧いたのでございます。実は私は、海の近くの波(なみ)っ被(かぶ)りの家で育ったものですから、おかずは魚と粗ばかり。ですから今でも粗汁などは大好物で、デパートに行ったら金目鯛や鮭の頭だけを売っているコーナーに必ず立ち寄りまして、女房に料理させるのではありますが、これほど美味しいものはできません。私は今後、週に一度くらい涎を流しながら浅草から通わせていただきます。もちろん友人と連れ立って、猫仲間を増やしていこうと思っております。本日は誠におめでとうございます」

「一式屋」も、味のある挨拶をして、満場の喝采(かっさい)を受けた。料理もすっかりなくなって、そろそろお開きということになり、最後に五郎が挨拶した。

「本日はお忙しいなか、『粗屋』のためにお集り下さり、お心尽くしのお祝いを頂戴(ちょうだい)した上、温かくそして力強い励ましのお言葉をいただきまして、誠にありがとうございました。いよいよ明日開店いたしますが、ここまで漕ぎ着けられましたのも、皆様のご支援あってのことでございます。これからは皆様のご厚情に背くことなく、精進いたしますので、何とぞよろしくお願い申し上げます。なお、店の全てを私ひとりで切り盛りいたしますので、至らぬ点も多々あろうかと存じますが、そのときは何とぞお許し下さいますようお願い申し上げます。本日は誠にありがとうございました」

そして、銀座の老舗鮨屋のご隠居の音頭で、江戸式一本締(いっぽんじめ)「ヨーオッ、シャシャシャン・シャシャシャン・シャシャシャン、シャン、おめでとうございました」で、お開きとなった。

翌朝から、五郎は大忙しであった。まず午前七時に自転車のペダルを漕いで築地魚市場に行き、前日注文しておいた粗を受け取る。戻るとすぐに仕込みをし、昼少し前に商店街の振興事務所に行って開店の挨拶と入会の手続きを済ませ、午後一番に手土産を持って町内会会長宅に挨拶に向かい、その足で銀座の鮨屋に行って粗を受け取って、午後三時には店に戻った。続けて仕込みをして、午後五時半、ついに「粗屋」の最初の暖簾を入口に掛けたのである。とにかく開店初日とあって、休む暇なく何から何まで一人で駆け巡り、料理もする。そのタイトさを客を迎える直前でさえ実感するのであった。

ところで、五郎は開店の宣伝を何ひとつしていない。新聞の折り込み広告も出さずチンドン屋も頼まず、店の前に貼紙さえしない。その上、開店祝いにと申し出のあったスタンド花も丁重に断った。店頭に開店の華やかさは一切ないのだ。それは、五郎に確固たる信念があったためである。

「客をこちらから呼び込んでは駄目だ。客が自ら来たいと思うような店にならなければ長くは持たない。しばらく客はあまり来ないだろう。店の力量を知ってもらえるまでは耐えること、ただそれだけである」

当面の運転資金は潤沢にある。しばらくは焦らずにじっくり構えて、しっかりと足固めをしていこうと肚を決めていたのである。

午後五時四十五分、入口の戸が開いて最初の客が二人入って来た。二人ともスーツ姿で白いワイシャツにネクタイをしているので、会社帰りなのかもしれない。二人は店に入るなりあちこち見回して、戸惑った様子を見せた。五郎がすばやく、

「いらっしゃいまし。お食事ですか」

と声をかけると、やや年配の男が、

「いや、なにね、ちょっと一杯飲ろうと思ってさ、なんの気なしにこの横丁に入ってみたんだけど、なかなか感じのいい暖簾が出ていたのでね、入ってみたんだよ。そしたら、ちょっと普通の居酒屋と様子が違うみたいでさ。酒と肴を出してもらえる？」

「はい、はい、承知いたしました。実は本日が開店初日でございまして、お二人が当店にとって最初のお客様ということになります」

「えええっ！　そりゃ本当かい。何だか狐につままれているような話だなあ。開店初日にしては妙に静かだし……」

「いや本当です。ま、美味い肴をお出ししますので、召し上がって下さい」

年配の男は、連れに向かってどうする？　という顔をする。

「部長、開店初日に来て、それも一番の客だなんて、こんな目出度い話はめったにありませんよ。ぜひこの店で飲りましょうよ」

「それじゃ、そうするか」

「ありがとうございます。それでは、どうぞこちらに。カウンターがよろしいかと存じます」

五郎は二人をカウンターに座らせ、自分は中に入った。すると部長が店内を見回しながら聞いてきた。

「この店にはメニューはないんだね。何を注文したらいいんだい」

「あ、はい。それではおまかせ料理ではいかがですか」

「え、えっ？　こんな店初めてですね、部長。客が食いたいものを出すんじゃなくて、店が食べさせたいものを出すなんて」

「ま、まったくだ。大丈夫かなあ、この店でほんとにいいのかい？　えっ川田君」

「まあいいじゃないですか、部長、ご主人のお手並み拝見といきましょうよ」

「ううむ……。じゃそうするか。で、酒は何があるんだい？」

「ビールもありますが、うちの料理に合うのは日本酒です。今の季節は熱めの燗酒がおすすめです」

「ああ、それはよかった。俺も川田君も日本酒一辺倒だからね。じゃその熱いとこを二本ばかりたのむよ」

「へい。かしこまりました」

二人の前には早速、烏賊の身と腸（わた）を使った「塩辛の赤造り」が小さな器に盛られて出された。新鮮な赤銅色の肝に染められて飴色になった真烏賊の身が厚めに切られて入っている。それを見た部長は、

「おいおい、川田君、見たまえこの塩辛。なかなかのものじゃないか。きっとこれは美味いよ」

「部長、確かにそうですね」

二人はほぼ同時に箸をつけ、口に入れて噛んだ。すると、烏賊の肝臓特有の重厚なうま味とコク、微（かす）かな甘み、天然塩の角のとれた塩味、そしてじっくりと熟成させたやや陳（ひ）ねた芳香などが口中に広がった。二人は思わず顔を見合わせて、

「なっ、川田君。だから言ったろ、こういう店には美味いものがあるんだって。俺の嗅覚（きゅうかく）は大したものだろう」

「は、はい、部長」

次に五郎はカウンター越しに、太めの徳利二本とぐい呑を二つ出して客の前に置き、

「熱いので、気をつけて下さい」

と言った。二人は待ってましたとばかりに、徳利を注意深く持ちあげ、「あっちち……」と言いながら、ぐい呑に酒を注ぐ。

すると、川田が一瞬ためらった。ぐい呑に入れた酒がかなり黄ばんでいる上に、微細な黒い粒のようなものが浮遊しているのだ。

「ご主人、この酒大丈夫なの？　黄色っぽいし、なんだか塵みたいなのが浮いてるけど」

「ええ、大丈夫です。そちらは『河豚の鰭酒』ですから。浮いているのは、鰭を焙ったときに出た焦げです」

「『河豚の鰭酒』？　どれどれ……」

「あっ本当だ。こりゃあいい。この店なかなか隅に置けませんね、部長」

「まったくだな、川田君。面白い店があったもんだ」

続いては、前夜祭で大好評だった「烏賊の腸煮」を入れた小鉢を出した。二人はそれを食べた途端、

「か、かか川田君、俺たちほんとに狐につままれてんじゃないだろうね。こ、こんなに美味い烏賊の煮付けを、食ったことないよ」

「部長、本当に美味いっすね。それに鰭酒も抜群だし……」

次は、「鰹の心臓の串塩焼き」である。新鮮な鰹の心臓は、ちょうど大人の親指半分ぐらいの大きさで三角錐の形をしている。串に三個ほど刺し、塩焼きにすると、コリコリという食感と、そこから湧き出してくる濃厚なうま味に誰もが間違いなく降参してしまうのだ。

「ご主人、この店は本当に今日開店したのかい？　とにかく美味いもの、珍しいものばかり出てきて完全に脱帽だよ。なあ川田君」

「本当、正に驚きですね。魚好きにはたまらない天国みたいな店だ」

とそのとき、戸が開いて、「一式屋」の社長が同年輩の男性三人を連れて入ってきた。

「いやぁ、開店おめでとう。昨夜はどうもご馳走さまでした。おや、早速のお客さんですか。これは幸先がいいですなあ」

山野井は、連れて来た三人をカウンターに座らせ、

「この人たちは、かっぱ橋道具街の仲間でね。今朝、『粗屋』の話をしたら、たちま

ち今日にも連れていってくれってことになっちゃったんですよ。みんな前世は猫だったのかってほど魚好きでね」

と、愛想よく話した。

「いやぁ、山野井さんがまさかこんなに早く来てくださるとは……。まったくありがたいことです。浅草より猫四匹来たる、ですね」

と、五郎も嬉しくなって口も軽くなる。初めての客を前に何となく緊張し、言葉少なになっていたが、山野井が来てくれて、身内が現われたような安堵感に包まれた。五郎は、ようやくここで「粗屋」の開店を実感したのであった。

気持ちが切りかわると、それまでとは打ってかわって体も軽くなった。最初に入ってきた二人は、この店が本当に「本日開店」だったことを納得し、山野井たちとも打ち解けて、笑い声が店に響いた。二人は、この店が魚の粗ばかりを料理して食べさせる風変りな店だと知ると、さらに嬉しくなり盃を重ねていく。

しばらくすると、牧田厨房長、大工の栄助、「つ印」の津野会長らも次々にやって来て、大盛況と相成った。こうして「猫っ走り商店街」の「粗屋」開店初日は上々の滑り出しとなったのである。

最後まで残っていた栄助が引き揚げたのが午後十一時過ぎだった。五郎はそれから皿や丼などを食洗機に入れ、生ゴミを集めて後片付けを済ませたが、あっ、そうだ忘れてた、とあわてて暖簾を仕舞い込んだ。火の始末を確認して照明を消し、戸締りをしたのが午前一時過ぎであった。

静まりかえった横丁を、ペダルのキーコキーコという音だけを耳にしながら自転車を漕いでいくと、猫が一匹出てきてしばらくついてきた。おやおや、猫の奴まで「粗屋」の匂いを嗅ぎつけやがったと、にんまりしながらスピードを上げ、家路を急いだのであった。

その後も「粗屋」は盛況で、客の多くは、はじめは「粗屋」という奇妙な店の名に惹かれ、興味本位か冷やかし半分でやってきたのだが、途中からはそんな気持ちは消えて、粗料理に舌鼓を打ち、大満足で店をあとにするのであった。

メニューは日ごとに増えていったが、開店から一週間ほどしたある日のこと、粗料理のあまりの美味しさに感動して、客全員が拍手喝采したことがあった。

それは、築地市場内にある「近海物鮮魚卸売場」の店に頼んでおいた金目鯛の粗でつくった「金目鯛の粗汁味噌仕立て」である。鮮やかな真っ赤な頭や、肉身がまだかなり付いている中骨などをぶつ切りにし、一度さっと湯通ししてから、細い血管や付着物を取り除き、それを大鍋に入れてグツグツと煮て、最後にひと口大に切った豆腐、小口切りした青葱を入れ、溶かした味噌を加えて味をととのえたものだ。
彩りがとても美しいので、丼に盛る前に、大鍋をカウンターの上に出し、客に披露したのである。中央に二つ割りにした真っ赤な金目鯛の頭がドンと眩しく、鰭に付いているピラピラとした真紅の皮も艶やかで、周りに配した豆腐の純白がその紅色を浮き立たせ、葱の萌黄色をアクセントに、黄金の味噌汁がそれらを包み込む。汁の表面には、粗から溶け出してきた微細な脂肪球が光沢を放ち、まるで現代アートのようであった。

それというのも五郎は、日本料理を学ぶにつれて、その奥儀は味、色、匂、形、器の五つにあるということを実感していたのである。だから、ただ味のすばらしさだけでなく、彩り、鼻を擽る匂い、美しい姿かたちに心を配った上で、その料理にふさわしい器に盛りつけることを心がけた。そのため粗の色ごとに、どのような演出ができるかを常に考え、思いつくたびに備忘録に記録していたのである。

粗の色とは、赤＝金目鯛、赤魚鯛、金時鯛、近目金時、車鯛、浜鯛、赤甘鯛、喜知次（きんき、めんめ）、金頭……。桃＝糸撚、甘鯛、桜鯛、霞桜鯛、笛鯛……。黒＝烏賊墨、鮟鱇の皮、伊佐幾、鯥、黒鯛の皮、鮬（鱸の幼魚）、鰹の血合いなどである。

その備忘録には、さまざまなアイディアも書き込まれている。また粗に関するさまざまな知識も記されている。

中でも「魚の構造と粗の部位」については特に詳しく調べ上げ、食べられる部位ごとに「頭部と目玉」、「骨」、「鰭」、「皮」、「血および血合い」、「浮袋」、「胃袋」、「心臓」、「肝臓」、「腎臓」、「腸」、「砂ずり、中落ち、腹須」、「卵巣」、「白子」の十四に分けている。それらの部位ごとに、数年間にわたって考え出されたオリジナル料理二百三十品、料理書からヒントを得て考え出された料理百三十八品の計三百六十八品のレシピが丁寧に記されているのである。

たとえば、「骨料理」の部。

一、「氷頭鱠」。塩引用の鮭の頭は塩出しするかトロ火でしばらく煮込んでから冷ます。頭を割ってごっそり取り出した氷頭を薄く刻み、調味酢に和える。

二、「鯒の骨飯」。小ぶりの鯒か女鯒の鱗と内臓の汚物だけを去り、生のまま骨もろとも頭から尾まで細かに叩き、鍋に少量の胡麻油を落としたところに入れ、焦げつかぬように箸でかき混ぜながら十分に炒め、色が変ったところで火を止める。これに湯をひたひたに加えて箸でほぐし、再び火にかけてから酒、塩、醤油で味をととのえ、さらに煮て好みの味の濃さにする。あとは炊き込みご飯をつくる要領で仕掛ければ出来上り。これを丼に盛り、その上に青みとして、さっと湯にくぐらせた春菊か芹または三葉を刻んで散らす。胡麻油で炒めることによって骨はやわらかく、また香ばしくなり、生臭さも消える。鯒のほか鱚、沙魚などでも可。
三、「鰻骨」。突き出しあるいは酒の肴として出す。鰻または穴子の骨を酒と醤油をあわせたものに少し浸してから空揚げし、大きめの皿にのせ、粉山椒を振る。
四、「赤魚鯛の骨汁」。三枚に卸した赤魚鯛のまん中の骨板をこんがりと焼く。その骨を鍋で煮て出汁を取る。その汁で、別にあつらえておいた焼き味噌で薄味の味噌汁をつくり、そこに焼くときに骨からむしりとっておいた肉身を入れる。薬味は粉山椒にすること。

骨料理ではほかに「鱏の骨汁」、「鱏骨のすっぽん煮」、「鯔の背越し鱠」、「鱧の骨の出汁のとり方」など合計十六品、ほかに「骨湯いろいろ」、「骨酒いろいろ」として二十一品の対応方が記してある。

「皮料理」の部はさらに多彩である。

一、「皮煎」。鮭や鱒の皮をはいで、それを酒、醤油、味醂で濃いめに煎る。お通し、箸休めに出す。
二、「皮煎酒」。味をつけず皮だけを煎り、それを熱燗酒に入れて出す。
三、「鮫氷」。材料は鮫ではなく翻車魚を使うこと。翻車魚の皮は鮫より弾力に富むので、歯応えが楽しめる。細かく刻んで酢の物に。また、その皮の下に繊維状の軟骨があり、クラゲのコリコリに似た歯応えがある。表面の皮は紙のように薄く剝ぎとって乾燥させ、これを調味酢に浸して出す。独特の風味がある。軟骨状で透き通るようなものは練りウニと和え、また酒粕に漬け込んで酒の肴にする。

四、「鱧の皮鱠」。小骨を抜いた鱧皮をさっと洗って水気を切り、遠火にかけて両面から焦げ目のつかぬよう焼き上げ、細かに切って胡瓜もみに和える。

五、「鱧皮の醬油焼き」。小骨を抜いた鱧皮を醬油で付け焼きにしたものを細かく刻む。関西の客には特に喜ばれる。

六、「鱧皮丼」。ご飯を食べたい客がいたら最後に出す。小骨を抜いた鱧皮を二センチ幅に切り、酒、醬油、味醂でつくったタレに三十分間漬けておく。ご飯に酒と醬油をふり掛けて混ぜ、丼に盛る。これに漬けておいた鱧皮をのせ、漬け汁も上から掛け、蒸し器に入れて強火で七～八分間蒸す。蒸し上ったら、千切りの青紫蘇の葉と針生姜をのせて出す。

七、「鱧皮の卵とじ」。底広で浅目の土鍋に出汁を入れ、笹掻きにしてアクを抜いた牛蒡を鍋の底に敷いてから砂糖と味醂を加え、二、三分煮る。その上に千切りにした生姜を散らし、醬油を加えて味をととのえ、小骨を抜いて薄切りにした鱧皮を入れてから火を弱め五分ほど煮る。そこに三葉を散らし、溶き卵を流し入れ、ひと煮立ちしたら火を止め、蓋をして半熟程度に蒸らして器にとり、粉山椒を振って出す。

皮の料理は翻車魚や鮫だけでなく、鱓（うつぼ）、河豚（ふぐ）、鮟鱇、鱈（たら）、虎魚（おこぜ）、鱏、鰍（かじか）、鯛などもあり、五十三品が記されている。

そのほかの部位については、料理名だけ挙げておこう。「頭部と目玉の料理」の部には、「甲煮（かぶとに）」、「甲焼き」、「潮汁」、「鰹の鬢（びん）た料理」、「氷頭料理」、「鯛目玉焼き」など二十二品。

「鰭料理」の部には、「鰭酒」、「鱶鰭料理」、「煮凝（にこごり）」、「倶利伽羅焼（くりからやき）」など十七品。

「血および血合い料理」の部には「鮪血合いの佃煮（つくだに）」、「鰹の血合い中骨汁」、「血合いの八方出汁（はっぽうだし）」など七品。

「浮袋料理」の部には、「鮸（にべ）浮袋コリコリ煮」、「鮸浮袋の胡瓜和え」、中国の魚の浮袋料理「魚肚（ユイトウ）」など九品。

「胃袋料理」の部には、「鱈の胃袋の塩辛」、「鰶（このしろ）の胃袋のたれ焼き」、「鯔（ぼら）の胃の味噌鍋」、「翻車魚（まんぼう）の胃のステーキ」など十八品。

「心臓料理」の部には、「鮪心臓の塩焼き」、「鰹心臓の串（くし）塩焼き」、「鰹心臓の佃煮」、「鰹心臓の煎り煮」など十七品。

「肝臓料理」の部には、「皮剥の肝煮付け」、「鮟鱇の肝和え」、「鮟鱇の肝鍋」、「鯛の肝和え」、「鰹肝煮付け」、「鰻肝焼き」など二十二品。

「腎臓料理」の部には、「メフン（鮭腎臓の塩辛）」など三品。

「腸料理」の部には、「鮎のうるか」（白うるか、苦うるか、泥うるか）、「鮑の腸の塩辛」、「海鼠腸」、「海鼠腸酒」、「烏賊腸塩辛」（赤造り、黒造り、白造り）など二十六品。

「砂ずり、中落ち、腹須の料理」の部には、「鰹の腹須料理」、「鯛の砂ずり焼き」、「鯛の砂ずりの潮汁」、「鮪の腹須のネギマ」、「鯛の中落ちの海苔巻き」、「鮪中落ちのネギトロ」、「鰹中落ちの味噌汁」、「鮪中落ちのなめ味噌」など三十一品。

「卵巣料理」の部には、筋子、イクラ、数の子、鱲子などを使った料理十八品、鯖、蛸、鱧、鯛の卵巣料理二十四品、明太子の料理十一品、真鱈の卵巣の料理六品、助宗鱈の卵巣料理四品、海鼠の卵巣の「海鼠子」料理六品、鯔の卵巣の鱲子料理六品、蝶鮫の卵のキャビア料理四品、海老の卵を使った中国の「蝦卵」料理五品など、なんと全部で八十四品。

「白子料理」の部には、真鯛、真鱈、河豚、鮭、鰆、鯥の白子料理二十二品。

このように備忘録には、実に三百六十八品もの料理法が詳しく記されており、それはまさしく「五郎粗料理レシピ集」なのであった。

「猫っ走り商店街」に「粗屋」が開店して一ヶ月ほど過ぎた。店には築地魚市場時代の仲間や、「一式屋」の山野井社長や牧田厨房長の紹介客などが訪れ、一度来た客の口コミなどもあって、毎日が盛況であった。

そんなある夜の九時ごろ、十人ほどの客が、賑やかに粗談義をしているところへ、年の頃三十を少し出たくらいの男が「空いていますか？」と言いながら入ってきた。ジーパンにズックをはき、長袖（ながそで）のシャツの上に薄手のジャンパーを羽織り、ナップザックを背負っている。この店の客にしては若く、しかも一人で来るのも珍しい。五郎が、

「ええ、空いてますよ、どうぞ、どうぞ」

と愛想よく言うと、男は空いていたカウンターの中央の席に座った。そして、

「魚の粗料理専門の店と聞いて来たんですが、珍しいですね」

と言いながら、店内をぐるっと見渡し、

「お品書きがありませんが、どんなものがありますか？」

と聞く。五郎は、

「うちはおまかせ料理が主体なんですよ。今日は『烏賊（いか）の腸煮（わたに）』と『鱧（はも）の皮鱠（かわなます）』、『真

鯛の真子と蕪の炊きもの』、お造りは『皮剝の肝和え』と『真子鰈の縁側』なんですが」

と言うと、その客はうなずいて、

「それじゃまず日本酒を燗で一本付けて下さい。『鱧の皮鱠』に『真子鰈の縁側』か、いいですねえ。それと、塩辛が大好きなんですが、『烏賊の赤造り』はありませんか」

「はい、それなら、美味いのを仕込んでありますよ」

「それじゃ、ぜひお願いします」

五郎は熱燗で「虎魚の鰭酒」を付け、酒に添えて「烏賊の腸の赤造り」と「鱧の皮鱠」を出してから、その日の午後築地の鮨屋で仕入れてきた真子鰈の縁側を冷蔵庫から取り出した。そして、厚さ五センチ、横幅一・五メートル、奥行き四五センチの五郎自慢の檜の俎板の上にピロローンと置いた。そして縁側を刺身包丁で二センチほどの長さに七つに切り分け、深い緑色に染めぬいた九谷の平皿に盛り、おろした山葵を添えて出した。

男は、五郎が縁側に包丁を入れている様子をカウンター越しに身を乗り出すようにして見ている。そして「虎魚の鰭酒」を実に美味そうに飲むと、

「鰭酒は河豚が一番だとよく言われますが、この『虎魚の鰭酒』などは河豚に負けて

いませんね、実に力強い。きっとこの類（たぐい）の魚、たとえば沙魚（はぜ）とか鯒（こち）の鰭などでも味わい深い鰭酒が出来るんじゃありませんか？」

　そして「鱧の皮膾」を箸でつまんで口に入れ、しばらくもぐもぐしながら、

「この鱧はしっかりとコラーゲンが乗っている。いい鱧ですねえ。これだけコラーゲンがあると、ゼラチンが胃袋を保護してくれるから体にもいい。歯応え百点、淡いうま味も甘みも百点。つまり満点ですねえ」

　次に「真子鰈の縁側」を一片とって少し山葵を付け、醤油にチョンと付けて口に入れて噛んだ。しばらく目を瞑って味を確かめていたが、パッと目を開くと、

「美味い！　ご主人、これは見事な鰈ですね。よほど名の知れた仲卸か鮨屋でないとこんな縁側は出ませんね。コリコリとした歯応え、上品なうま味と優しい甘みが滲（にじ）み出て、脂肪からもペナペナとしたコクが湧（わ）いて出てくる……。正にこのような縁側は粗の王道じゃありませんか」

　まるで、粗の評論家のように料理が出るたびに感想を述べる。

　そのうちに客が一人減り、二人減り、ついにその男だけになった。二本目の燗酒を注文し、烏賊の塩辛に箸（はし）を付けていたが、急に、

「ご主人、アニサキスにだけは注意して下さいよ」

と言う。アニサキスとは烏賊の腸(わた)に寄生している線虫で、成虫になると四センチから一〇センチにもなる。鯵(あじ)や鯖、助宗鱈、鰊(にしん)などの内臓や筋肉にも潜んでいることがあり、それらを生きたまま食べてしまうと寄生虫病を引き起こすことがある。急性の胃アニサキス症は食後数時間で急激な胃痛や悪心(おしん)、嘔吐(おうと)を発症し、慢性化すると粘膜下に肉芽腫(にくがしゅ)をつくることもある恐ろしい病気だ。五郎はもちろん、この寄生虫のことは知っていたが、突然、男から注意され、どきっとした。

「アニサキスはですね、特にこの烏賊の腸(わた)、とりわけ肝臓にいるので、塩辛をつくるときは腸袋(わたぶくろ)からそのまま肝(きも)をしぼり出して使うのは危ない。一度ですね、ドロドロした肝を擂鉢(すりばち)に入れて、擂粉木棒(すりこぎぼう)でよく擂り潰すのです。そうすれば、さすがのアニサキスもお陀仏(だぶつ)です。鯵や鯖、助宗鱈、鰊などでは生の内臓は絶対に使わないことですね。そうすれば大丈夫ですよ」

男は真剣な表情で話す。五郎は、

「いやあ、ありがとうございます。粗を料理して食べていただく店がアニサキスで問題を起したら、洒落(しゃれ)になりませんものね」

と神妙な顔で礼を言った。

「実は私ですね、職業柄、魚が大好物で、とりわけ粗を食べるのがとても好きなんです。中でも粗汁には目がなくて……。金目鯛、鰹、鰤などの粗汁を味噌仕立てで啜ると、もう何もいらない。それだけで丼飯を平らげちゃいます。いや、実はですね、先日築地の魚市場で魚から出る廃棄物の調査をしていたとき、本来廃棄する粗を専門に食べさせる店が出来たと、つまりこの店のことを耳にしましてね、とても驚きました。すぐにでも来たかったのですが、やっと今日、時間が出来たので、やって来たんですよ」

「お仕事は、魚市場関係ですか？　それとも都庁の職員の方？」

「申し遅れましたが、実は私、こういう者です」

と、男はナップザックから名刺入れを取り出すと、中から一枚抜いて五郎に差し出した。そこには、

「東都水産大学水産学部　水産加工学科　水産加工環境学教室助手　博士（水産学）浦河誠一」

とあった。その名刺を見て、五郎は、なるほど魚のことをよく知っているはずだと納得した。

「これからはちょくちょく寄らせてもらいますから、魚について何かわからないことがあったら、遠慮なく聞いて下さい。私の仲間は魚の専門家ばかりですから、大いに

頼りになると思いますよ。今の日本人は、まだ十分価値のあるものを平気で捨ててしまうようになってしまいました。日本家庭の食べ残しは台所ごみの四〇パーセントにも達しているんですよ。手つかずの食品も賞味期限が切れたというだけでどんどん捨てられている。一〇〇つくったら六〇しか食わずに四〇は捨てているのです。それなのに日本の食料自給率は先進国で最低の四〇パーセントほどしかない。このままじゃ、この国、この民族はどうなってしまうんですかねえ。食べものを大切にしなくなった民族の行く末は哀れなものです。ですから、この粗屋の精神は尊ばねばなりません。われわれ大学の若手研究者も、これからこの店を大いに利用し、そして支援していくつもりです」

「それはありがたいことで、とても心強いです。なにとぞよろしくお願いします。そうだ、もう店仕舞いですから、私もそちらに移って一献交（か）わしたいと思いますが、よろしいですか」

「勿論（もちろん）ですよ」

こうして二人はその夜十二時近くまで酒を酌（く）み交わし、粗料理をつつきながら粗談義で盛り上がったのである。

「粗屋」は、都内はもとより日本国中いや世界中探しても例のないユニークな店なので、その後もさまざまな人がやってきた。浦河誠一が来て一週間が過ぎたころ、東京大手町にある新聞社の生活情報部の記者が取材にやってきた。名刺には、「生活情報部記者（水産庁記者クラブ所属）　斎藤信一郎」とある。斎藤記者は日本新聞協会水産庁記者クラブに所属する水産ジャーナリストである。水産畑一筋の中堅記者で、取材等の関係でこれまで多種の魚介類を食べてきて、また魚料理にも詳しい。そのため食生活も魚中心で、ユニークな話題を取材することで定評ある人物である。あらかじめ午後二時から一時間ほどの取材を約束していた。斎藤は店内を撮影してから、「粗屋」を始めた理由、粗の入手法、粗料理のメニュー、店の現状、将来の展望などを細かく聞いて帰った。

一週間後、東京版に店の外観と五郎の顔写真付きの記事が掲載された。三段抜きの大見出しに「捨てるアラを生かして料理屋開店」、小見出しに「築地の路地裏で連日盛況」、「アラは築地市場から、有名寿司店から」、「美味しくて滋養あり」とある。そして記事は「東都水産大学浦河誠一助手の話」で終っていた。記者は浦河誠一のところにも取材に行っていたのだ。浦河は「食べものを大切にせず、多くが捨てられているこのごろ、このようにアラを大切な食材として活用する粗屋さんには敬意を表し、見習いたいものです」とコメントしている。

この新聞記事がきっかけとなって、その後、他の新聞社や週刊誌、月刊誌、そしてついにはテレビ局までが取材を申し込んでくるようになった。五郎ははじめのうちはそれらの取材に何とか応じていたものの、ひとりではとても対応できず、牧田厨房長や藤田栄助にも手伝いを頼まざるを得なくなった。しかしこれ以上取材につき合っていると肝心の「粗屋」がおろそかになってしまうと判断した五郎は、しばらくは取材を断わることにしたのである。

しかし、報道を見た人たちからの予約の電話は鳴りやまない。それも都内や近郊ばかりでなく、北海道からもかかってくる。「粗屋」はそれこそ猫の手も借りたい忙しさであった。

さすがの五郎も「粗屋」がこんなに早く大盛況になるとは思いもしなかったので、どう対応したらよいものか頭を抱えてしまった。そんなとき、ふと山路桂一のことが頭をよぎった。「困ったことがあったら何でも相談してください」と言われていたのを思い出したのである。五郎は、「レストラン　路」の経営者である山路のことを、貸主というよりも父親のように慕うようになっていた。これ以上の相談相手はいない。早速、山路に電話をして、店の現状を話し、何かいい知恵を貸してほしいと頼んだ。するると山路は、「わかりました。明日東京に行く用事があるので、お店に寄りましょう」と言ってくれたのである。

　翌日の昼過ぎ、山路はステッキをつきながら「粗屋」にやって来た。そして、いきなり五郎に思いもよらない提案をしたのである。

「五郎さん、私んとこのスタッフを使いなさいよ。というのもね、今、うちでは料理人二人、ウェイター二人、レジ一人、厨房長兼支配人一人の六人を雇っているんだが、客足がこのところ思わしくなくてね、人件費だけで毎月大きな赤字が出ているんですよ。二人ぐらいなら貸すことができる。そうしてくれると実はこちらも助かるんだ。ただし給料は同じ額を支払ってもらうことになるけど。どうかね？」

　山路の申し出を受けて、五郎は渡りに船とばかりに、

「それはありがたいお話です。恩にきます」

と即答した。こうして「レストラン　路」の料理人の一人である中田幹夫と、ウェイターの高橋岩男が「粗屋」に出向することになったのである。中田料理人と岩男はなかなかの名コンビなのである。「レストラン　路」に先に入ったのは中田で、調理師免許を取得して料理人としてやってきた。背が高く痩せ型の体で、引き締まった顔をしているが性格はとても素直で冷静沈着、必要なこと以外はあまり喋らない。一方、岩男は二年前にやってきた。都内の高校を中退し、はじめアルバイトとして入り、そ

のまま店で働いてきた。中田とは対照的に肥満気味で、よく喋り、大声でよく笑い、よく食べて、よく働く典型的楽天家である。仕事場で二人が話をしているときなどは、どちらが先輩なのかわからない状態で、一方的に世間話をする岩男をニヤニヤ笑って聞き流しながら、時々「馬鹿言ってんじゃないよ」などとやり返すのが中田である。そんな性格の中にも、岩男は言われた仕事はしっかりやりとげる従順さがあり、周りの人たちを笑わせ、皆(み)んなから面白がられ、好かれる性格を持っているのである。

ウェイターの岩男には、注文しておいた粗を取りに魚市場や鮨屋に行ってもらい、店の清掃、電話番、配膳(はいぜん)などもしてもらう。中田幹夫は、五郎とともに厨房に入ってもらう。「レストラン　路」は洋食屋であるが、五郎が教えれば、すぐに習得してくれるだろう。

毎朝五郎が仲卸店にその日に出る粗を聞いて注文し、それを岩男が取りに行き、持ち帰った粗を備忘録にある三百六十八のレシピに合わせて中田と一緒に料理を作る。こうして押し寄せる客を迎える態勢が整ったのであった。

第三章　祭りだワッショイ！

銀座の歌舞伎座に近いという土地柄、「粗屋（あらや）」を訪れる客の中には歌舞伎役者や裏方たちもいた。といっても役者の場合は大物ではなく、もっぱら大部屋の人たちが多かった。裏方は大道具、小道具、照明などさまざまで、共通しているのは無類の魚好き、粗料理好きであることだ。

常連客の中に、いつも着流しに白足袋、雪駄履き（せったばき）でちょっと斜に構えた感じの中年男がいた。築地や新橋、銀座界隈（かいわい）の高級料亭からお座敷がかかると、新内節（しんないぶし）を披露している。今では、東京でこの芸を生業（なりわい）にしている者は数人しかいないという。新内節とは、江戸後期に遊里を中心に流行した音曲で、浄瑠璃（じょうるり）の一派である豊後節（ぶんごぶし）から分かれたものだ。

その男は、鶴賀（つるが）流家元の鶴賀律太夫（りつだゆう）という。店に来ると、まず鰭酒（ひれざけ）を注文し、その日の肴（さかな）をつつきながら、新内節の詞章を集めた文書（もんじょ）を読みはじめるのである。五郎が話しかけても、「ああ」、「うう」、「まあ」などと相槌を打つばかりなのだが、鰭酒が二杯、三杯と進むと、まるで別人のようになり、他の客がいようがいまいがお構いなしに新内節を唄いはじめるのである。そうすると、居合わせた客は話すのをやめ、しっとりした新内節の切ない旋律に聴き入ることになる。

〽あんまりひどいなさけなや、今宵はなれて此方さんその健で居さんすその身なら、また逢う事もあらんかと、楽しむこともあるべきか、死のうと覚悟さんした身を、いかに気強い女子とて、どうして放してやらりょうぞや……。ご存じ「明烏夢泡雪」の一節。

続いて、

〽いまさらいうも古いけど、四谷ではじめて逢うたとき、好いたらしいと思うたが、因果な縁の糸車、廻る紋日や常の日も、新造禿にねだらせて、呼んだ客衆の目を忍び、手管のとがめ鞍替て二所三所流れ行き、勤めする身も素人も馴染重ねた女気は、実に変りはないわいな、粋も不粋も恋路には、苦労するが習いぞと……。ご存じ「蘭蝶」の一節。

律太夫が唄いはじめると、五郎も、客とともに律太夫の色気のある声にじっと耳を傾ける。このことがいつのころからか客の間で評判になり、律太夫が来ると、「粗屋」はたちまち満席になるようになった。そんなある夜、他の客が引けたのを見計らって、五郎が律太夫に話しかけた。

「師匠の人気は本当に凄いですね。店においでになると、いつの間にかお客さまがいっぱいになる。私も聴き惚れて、料理の手が止まってしまいます。そこでご相談なのですが、もし失礼でなかったら、月に一度、この店で独演会というか定期の口演のようなものを開いて下さいませんか。ちっぽけな料理屋で口演をして下さい、なんて本当におこがましいのですが。新内節はこんなにすばらしいのに、知っている人は少なくなってしまいました。このままでは消えてしまうかもしれません。それでは、いかにも惜しいと思うのです。ひとりでも多くの人に聴いてもらうためのお手伝いをしたい。口幅ったいことを申し上げますが、本当にそう思っているんです。

と言いますのも、実はこの店の原点も同じなんです。昔は、魚は粗まで無駄にしないで食べたりしゃぶったりしていましたが、今はほとんど見向きもされない。それどころか廃棄物になってしまっています。こんな時代だからこそ、粗のすばらしさを見直してもらいたいと思って『粗屋』を始めたんです。そうしたら、ありがたいことに、みなさんが粗の価値を再認識してくれて、今はこの通り毎日賑やかにやらせていただいています。師匠、どうです、口演をやってくださいませんか」

五郎は熱心に語りかけた。開店間もないころ、鶴賀律太夫が店にひょっこり入ってきて、そのうちに新内節を唄い出した。最初は気にしていなかったが、二度、三度と聞くうちに、哀愁に満ちた声と旋律、新内節の詞章に引き込まれていった。やがて五郎の胸の内に、こういう伝統芸能は守らなければ、という使命感のようなものが湧き上ってきたのである。

律太夫は五郎の話をはじめはほろ酔い気分で聞いていたが、途中から姿勢を正し、真正面からしっかりと五郎を見つめて、

「それは本当にありがたいお話ですねえ。ぜひ受けさせていただきます。詳しいことは改めてとして、ご主人の気持ちはしっかりと頂戴いたしました。ではここで、二上り新内をひとつ」

と唄いはじめた。

〽あまり朝寝は　お身の毒　もはやお目をば　さましゃんせ　夜の朝顔けさもまた一つ二つ三つ四つ咲いている〜

こうして鶴賀律太夫は、毎月十五日の午後八時から「粗屋」の特設座席に陣どり、新内節の独演会を始めることになったのである。独演会の日は予約は受けず、立ち飲みとしたのだが、開始時刻になると店の前に人が溢れるほどであった。口演は約一時

間、特別な会費は取らず、出演料は、食事をつけて三万円でお願いすることにした。独演会は「粗屋」名物となってその後もずっと続いていく。

「粗屋」が開店してほぼ一年が経った。店の経営はすこぶる順調で、「レストラン路」から出向している二人も、「路」より「粗屋」のほうがやり甲斐があるといって、張り切っていた。

ある日、五郎がそろそろ暖簾を掛けようとしているところに、東都水産大学の浦河誠一がやって来た。

「五郎さん、あのね、新川に鍛冶橋通りがあるでしょう。その通りが永代橋に繋がるちょっと手前の路地に粗料理専門の店が出来たようですよ。その店の近くのアパートに研究室の学生が住んでいましてね、そいつが教えてくれたんです。これからどんな店か探ってきますので、後でまた報告に来ます」

と言うなり出ていった。浦河の話を聞いて、五郎はふっと小さく息を吐いた。「粗屋」を真似た店ができることは前々から予想していた。「粗屋」を始めて一年が過ぎた。むしろそんな店の出現は遅過ぎの感さえある。マスコミでも盛んに報道されたのだから、真似する者が現われるのに何の不思議もないし、たとえ真似されても、「粗屋」の粗料理には絶対の自信を持っていたので、負けるわけはないと確信していたのである。

その日の夜、そろそろ店じまいというころに、浦河が入って来た。

「やぁ先生、今日はご苦労様でした。で、いかがでしたか？」

五郎の問いかけに浦河はニヤリとして、

「食べてみましたよ。これがてんでひどいもので……。確かに粗料理専門でしたが、粗の鮮度がよくないので、生臭いわ、黒ずんでいるわで、さんざんでした。とにかく五郎さんの料理とは比べものになりませんでしたよ」

と言って、出されたビールを一気に飲み干すと、さらに続けた。

「店の名は『粗磯（あらいそ）』といいます。入口の戸に『粗料理、粗定食』と書いた紙が貼（は）ってあるだけです。主人は千葉県館山（たてやま）の出身だそうで七十歳ぐらいでしょうか。どこから粗を調達するんですかって聞いたら、その答えがびっくり仰天なんです。自分で釣ってくるって言うんですよ。釣りが大の得意で、毎日のように品川沖とか三崎の方に行っているそうです。目仁奈（めじな）とか烏賊（いか）、真鯛、鮃（ひらめ）、鯵（あじ）、鯖（さば）などを釣ってきて、それを料理して客に出しているんだそうです。何年か前まで板前をしてたので、料理には自信があると言っていましたが、からきし駄目です。魚が釣れなかったときはどうするんですかって聞いたら、まあ何ととぼけたことに、それは心配ない、余った粗を冷凍してあるから大丈夫なんだ、って。その上、実に滑稽なのは、釣ってきた魚の正身は、自分と七匹の猫が食うって言うんですよ」

「いやはや、驚いた人がいるもんですねえ。それで客はいましたか？」

「いえいえ、私が店に入ってから出るまで、猫の出入りだけは激しいのですが、客は一人も来ない。あれじゃ、つぶれるのは時間の問題ですね」

「しかし、粗料理屋はこれから何軒も出てくるでしょうけれど、いい加減な料理を出されてしまうのが一番恐いんですよ。鮮度の悪い生臭い粗、美味しくない部位、下手な料理、この三悪で勝負されちゃったら、こっちが参ってしまいますよ。他の店から粗料理の悪評が立ってしまうと、こっちがとばっちり受けてしまいますからねえ」

　それから二週間も経たないうちに、浦河がまた店にやってきた。

「五郎さん、やっぱりあの店はつぶれたそうですよ。昨日うちの学生が店の前を通ったら、内側に白いカーテンが引いてあって、入口に『閉店いたしました　亭主敬白』と書いた小さな紙が貼ってあったそうです」

　無類の魚好き、粗料理好きという人は結構いるもので、国の生活実態調査によると、動物性蛋白質の摂取を牛肉・豚肉・鶏肉を中心とした肉派と、魚介類の魚派に分け、「どちらが好きですか？」という質問に対して、国民の五一パーセントが肉派、四九パーセントが魚派で、ほぼ拮抗しているのだそうだ。地域によってこの数字は異なり、東京都の場合は肉派が五七パーセント、魚派が四三パーセントであるという。

ついでに魚の流通と行政の関係についてもここで少し説明しておくことにする。全国の大都市にある中央卸売市場そのものは国の管轄で、農林水産省（農林水産大臣）が認可・監督し、地方公共団体が開設する。例えば横浜市中央卸売市場の開設者は横浜市であり、札幌市中央卸売市場のそれは札幌市である。同じく東京都中央卸売市場の開設者は東京都であり、都内には、築地、大田、足立、北足立、葛西、板橋、淀橋、豊島など十一ヶ所に設置されている。築地市場には水産部と青果部があり、東京都は健全で安定した食糧の供給に向けて監視に当っている。また、水産物や農産物の流通だけでなく、市場で働く人たちのための研修会や講習会、福利、厚生、年中行事なども都の主導で行なわれている。

実は、日本にたった一軒しかない粗料理専門店には行政も注目していたのである。開店から一年半ほど経った四月のある日、東京都の職員から「粗屋」に電話がかかってきた。

「えーわたくしは東京都中央卸売市場築地市場の水沢という者です。突然でご迷惑かと存じますが、少しご相談したいことがありまして電話した次第です。明日にでもそちらへお伺いさせていただきたいのですが……」

　五郎は築地市場で長く働いてきたから、ずっと都の世話になってきたわけであるし、その市場を管轄している都の職員が自分に相談がある、というのだから応じないわけにはいかない。それにしても行政官にしては、ずいぶんと低姿勢である。

「はい、わかりました。それでは明日、午前十一時においで下さいますか」

　翌日、午前十一時少し前に、三人の都の職員がやって来た。

「昨日電話いたしました東京都の水沢です。今日はお忙しいところお時間をつくっていただきまして、どうもありがとうございます」

　と言って、名刺を差し出した。そこには「東京都中央卸売市場　築地市場総務部管理課　係長　水沢保二（やすじ）」とある。

　挨拶（あいさつ）もそこそこに水沢は本題に入った。

「ご相談というのは外でもない、築地市場の移転に関することなのです。ご存じのように築地市場は昭和十年に開設されましたが、既に七十年が経ち、建物の老朽化や施設の不備不具合が目立ってきました。今では一日当りの市場入場者数四万二〇〇〇人、車両一万九〇〇〇台、仲卸業者七〇〇社、売買参加業者九〇〇社、関連事業者九業種一六〇業者、一日当りの水産物入荷二一六七トン、青果物一一七〇トンと、大変な規模になってしまい、とても今の設備では対応しきれません」

　水沢係長はいかにも実直な役人らしく、すらすらと数字を並べながら説明した。

「都は東京都卸売市場整備計画を立ち上げて検討して参りましたが、すでに江東区豊洲地区に移転することが決まっております。その豊洲の新市場につきましては現在、『流通の変化に対応する市場』、『千客万来の市場』、そして『環境に配慮した市場』をコンセプトに基本計画を策定いたしており、これから十年後を目途に移設計画を進めております。すでに基本設計の作業を終え、順次、設計、建設工事に着手いたすことになっております。しかし計画は進んでいるにもかかわらず、関係者の中には移転計画に反対する方もおられまして……。つまり移転賛成派と移転反対派とが市場内で対立する構図が日増しに鮮明になってきております。都といたしましては、今まで仲良くやってきた同業者同士が対立するのはいかがなものかと……。

　そこで、都の職員たちの間から、移転賛成派・反対派両者が心を和ませ、話し合いの気運を高めるようなイベントを行なってはどうかという提案がなされ、上層部の許可を得ました。具体的には、場内と場外に出入りする業者や従業員に参加してもらい、『市場祭り』のようなものを検討しております。開催日は、市場が休みの十月の第二週の体育の日を予定しております。祭りの名称は『築地市場・祭りだワッショイ！』

というのが有力です。一般都民が対象の『築地市場・魚の日まつり』というのを今年から行ないますが、『祭りだワッショイ！』のほうはあくまで築地市場の業者、関係者、従業員を対象とした限定的なものです。

会場では、金魚掬いや射的のような店、握り鮨や焼き鳥などが食べられる屋台を出し、特設舞台をつくって、何か催しをやろうと考えております。

本日のご相談なのですが、つい二日前の検討会で、このイベントに『粗屋』さんにも参加していただいてはどうかという話が出まして……」

そこまで一気に話した水沢係長は急に小声になり、目を一度伏せてから続けた。

「実は……その屋台に出店していただけないかと……。伝説の捌き屋が満を持してはじめ、今や新聞、雑誌、テレビで話題沸騰の日本唯一の珍食店『粗屋』が出店！　と宣伝文句に謳って、屋台の目玉にしたいと……。そしていまひとつ、『粗屋』さんの出店にちなんで、全国から魚介の粗を使った商品を取り寄せて『全国粗商品グランプリ』を行ないたいと考えているのです……はい……」

「そうですか。お話は分かりました。そういうことでしたら、ぜひ協力させていただきましょう」

と、五郎が即答すると、あまりにもあっけなく目的を果した水沢係長は、口を小さく開けたまま、五郎の顔を見つめるばかりである。

忙しさに追われていると、月日の経つのは早いもので、あっという間に半年が過ぎ、祭りの当日がやって来た。「築地市場・祭りだワッショイ！」の会場には、青果部との間の買荷保管所A棟前からD棟に続く広い通路が使われることになっていた。このようなイベントを行なうには恰好の場所である。都の職員たちは、築地市場関係者のさまざまな人脈を駆使したと見えて、会場には、「金魚掬い」、「射的場」、「輪投げ」、「手品の種売り」、「ヨーヨー釣り」、「綿飴とカルメ焼き」などの露店が軒を並べている。

一方、屋台となると、築地市場の面目躍如である。鮨屋三台、烏賊焼き屋二台、真鯛の浜焼き屋、鯖串焼き屋、蛸焼き屋、おでん屋、天麩羅屋、うどん屋、牛串屋、焼き鳥屋、豚汁屋、焼きそば屋、鉄板焼き屋と続く。そこに「粗屋」も加わって、「築地市場・祭りだワッショイ！」には二十七台の屋台と九店の露店の、計三十六店が参加したのであった。

五郎が出したのは、日頃から評判の高い「烏賊の腸煮」、「金目鯛の粗汁味噌仕立て大椀盛り」、「鰹の腹須の生姜焼き」、「鱧の皮煎と皮鱠」、「真鱈の腸の塩辛」、「鱏の骨付肉のスッポン煮」の六品。丼ものとして「鮪の中落ち丼」と「煮凝丼」、「鯒の骨飯(めし)」、「鱧皮丼」の四品である。

開場は午前十時と決められていたが、九時には人が並びはじめ、行列はどんどん長くなっていく。そして十時に開場されると、どっと人が入ってきた。その人の波を見て、五郎は午前中には売り切れてしまうだろうと予想した。あらかじめパンフレットをチェックしている来場者も多く、迷わず「粗屋」めがけて走る人も少なくない。

五郎と中田幹夫、高橋岩男の三人は手早く料理を出すのだが、客がどんどん押し寄せてくるので、たちまち長い行列ができてしまった。一番人気はやはり「金目鯛の粗汁味噌仕立て大椀盛り」で、これは五〇リットルも入る大鍋でつくったのであったが、大椀に七十二杯盛ったところで底を突いた。それが午前十一時五分である。品書きの「金目鯛の粗汁味噌仕立て大椀盛り」に五郎は赤いマジックで「完売！」と書いた。

それを見た客たちは、「鰹の腹須の生姜焼き」、「煮凝丼」、「鯒の骨飯」、「鱓の骨付肉のスッポン煮」といった料理を次々に注文していく。

こうして、五郎の予想どおり正午前には、全(すべ)ての品書きの貼紙に赤いマジックで「完売！」の文字が書き込まれた。見回りに来た都職員の水沢保二係長は、「粗屋」の料理が早くも完売してしまったことに驚いて、開いた口もふさがらぬ、といった状態で屋台の前に立ちつくしていた。

「全国粗商品グランプリ」の審査は、午後一時から始まった。これは、全国各地から取り寄せた魚介の粗を材料にした商品を審査し、グランプリを決めるというものである。審査員は、業界代表として場内水産部塩干魚卸売場の主任二人、鳥海五郎、東都水産大学の浦河誠一助手、報道関係者を代表して水産庁記者クラブ所属の記者である斎藤信一郎の五人が務めた。

五郎は軽い気持ちで審査員を引き受けたのであったが、審査の方法が配付された資料をもとに説明されると、それは驚くほど厳正なものであった。一品一品の匂いを嗅ぎ、試食し、香味の具合を官能評価する。次に、その商品の伝統や歴史的価値を評価し、さらに生産者あるいは会社の商品コンセプトなどについて、資料を参考に判断し、採点表に記入していくのである。浦河誠一や斎藤記者はこのような審査を何度か経験していたが、五郎は全く初めてである。その上、公開審査なので、多くの観客の前で商品の匂いを嗅いだり、試食したりしなければならない。なんでこんなことを引き受けてしまったのだろうと後悔したが、後の祭りである。

しかし、いざ審査が始まると、いつも粗料理をつくっているときのような平常心が戻ってきた。俺が審査するのは粗なのだ、粗料理に命を懸けてきたこの俺だ、粗で出来た商品の善し悪しを見分けることぐらい屁でもないわい、と肝がすわったのである。

　出品されたのは烏賊腸、鮭の腎臓、鰹の腸、魚の卵巣などの塩辛類、魚の内臓や卵巣などの糠漬け類、鱏鰭などの軟骨の粕漬け、烏賊や鰰、鮭などの内臓を使った魚醬、鮭や鱒の中骨の水煮缶詰や骨煎餅、鰻骨などの骨製品、さらには烏賊トンビや蛸イボ、氷下魚の皮などの珍味、鰹の心臓や鮭精巣の佃煮など五十点を超えた。審査し終ったのは午後二時半であった。五郎が採点表に十点満点をつけたのは石川県の郷土料理「河豚の卵巣の糠漬け」であった。猛毒であるテトロドトキシンを多く含む河豚の卵巣を三年も糠みその中で発酵させ解毒した、珍しい発酵食品である。食べたら間違いなく死に至る恐ろしい魚体の器官を食べられるようにして売るなど、こんな食べものは世界中捜してもあり得ない。江戸時代からという歴史もあり、酒の肴としても格好である、との理由でこれを満点にしたのである。審査の間、観客には、それぞれの商品の特徴などが紹介されていく。

　グランプリに輝いたのは、「河豚の卵巣の糠漬け」であった。地球上どこを捜してもこんな珍奇な食べものは二つとないだろうということで、満票でグランプリに決まった。

　準グランプリは北海道石狩市の「鮭の魚醬」。新鮮な鮭の内臓を原料にしてつくった醬油である。その味と香りは出品された多くの魚醬の中でも群を抜くものであった。

第三位は神奈川県小田原の「鰹の腸の酒盗」と宮城県の「鮫氷」が分け合った。鮫氷とは翻車魚の軟骨を薄く削って乾かしたもので、三杯酢に浸したり、煮たりして食べる。

こうして「築地市場・祭りだワッショイ！」は大盛況のうちに終った。

ところでこの祭りの所期の目的は、築地市場の移転賛成派と反対派の親睦を深めることであった。そのため主催者の東京都は双方の意見の対立から参加者が集まらないのではないか、あるいは小競り合いや衝突などが起きないかなどと心配していた。しかし実際に幕を開けてみると、そのようなことはまったく見られず、ただお祭り気分一色で両派とも和気藹々。この日ばかりは別だと喜んで参加したのであった。特に印象深かったのは、両派の代表が互いに談笑しながら孫に手を引かれていた姿であった。人は祭りと聞くと心が和む反面、やや興奮気味になるものである。とりわけ築地市場では粋を生業として商売する人たちがほとんどなので、日ごろのややこしいことは抜きにして、大いに祭り気分に浸ったのであろう。

それから二週間後の日曜日、実行委員会の幹事が集まって、反省会兼慰労会が「粗屋」で開かれた。日曜日は市場も店も休みである。五郎は、朝から腕を振るった粗料理を大皿に幾つも盛りつけた。

最初は幹事の七人だけということだったのだが、そこは元気印の付く人が多い築地市場のこと、会のことを聞きつけた若手の実行委員たちが我も我もとやってきて、総勢十九人もの大反省会となった。その賑やかさ、騒々しさは推して知るべし、である。

用意された料理があらかた片づいたころ、がっしりとした五十歳ばかりの男が「一同、お静かに！」と立ち上がった。その濁声で、店はたちまちシーンとなった。男は、築地市場環境衛生連絡協議会に属する産業廃棄物処理業者の森田鉄郎であった。築地市場から出る魚介の粗や雑廃物を下取りし、それを塵焼却場や埋め立て地に運んで処理する会社の社長である。

築地市場では、青果部まで合わせると毎日約一〇〇トンを超える膨大な廃棄物が出るから、その処理は非常に大切な業務である。築地市場には、森田のような廃棄物処理業者が十五社ほど登録していて、築地市場環境衛生連絡協議会を結成している。森田はその会長を務めているのであった。正直一徹、竹を割ったような性格で、陽気で明るく、気っ風はいいが涙脆い。「森鉄のおやじ」と呼ばれ、皆から親しまれていた。

森鉄のおやじは、一同を見渡して言った。

「俺は『粗屋』さんの心意気に大いに共感している。毎日のように市場で粗を処理していて、ずっと考えていたことがあったんだ。あれだけ大量の粗を、毎日塵として捨てちまうのは、どう考えても魚に申しわけねぇ。というか、魚も成仏できめえと思う。それで、大量の粗を有効に使うっていうか、社会の役に立てられる方法はないもんかって、いつも考えていたんだ。

そしたら三年前、新聞で生塵を微生物みたいのに食わせると、堆肥になるっていう記事を見た。この堆肥を使えば、農薬や化学肥料を使わなくてもすむとか、使う量が減らせるとかで、消費者にも安全と安心がもたらされるって書いてあった。俺はこれだ！って思ったね。それで、すぐに神奈川県丹沢山の麓で酪農と野菜づくりをやっている従弟のところに行って相談したんだ。

そうしたらびっくりさ。もうやってるっていうんだ。牛や豚の糞尿で堆肥をつくって、周りの農家にも配ってるっていう。それじゃあ、魚の粗は使えないかって聞いたら、勿論どころの話じゃなくて、理想的な堆肥の原料になるっていうんだ」

森鉄のおやじの話は酒の勢いもあって止まらない。反省会の参加者たちも、酒を飲む手を止めておやじの話に聞き入っている。

「そこで俺は、週一回だけど、粗を埋め立て地や焼却場に持って行かずに丹沢まで運んで、従弟のところで牛や豚の糞尿に混ぜて堆肥にしてもらったんだ。するとどうだい。従弟は、これまで以上にいい堆肥ができたから、化学肥料を一切使わずにトマトと胡瓜とキャベツをつくってみるっていうんだ。収穫が待ち遠しかったねえ。

　それでその出来栄えなんだが、俺も食べたんだがね、その味の濃いことといったらびっくりで、これまで口にしたことがないほど美味い。いやほんと、嘘じゃない。

　実は今日、皆さんにも食べてもらおうと思って持ってきたんだ。五郎兄さん、すみませんが、一杯に水を入れた大きめのボウルを二つ用意してくれませんか」

　五郎は言われた通りに、ステンレス製の大きなボウル二つに水をたっぷり入れ、森鉄のおやじの前に持って行った。

　するとおやじは、足元に置いていた大きな紙袋から真っ赤なトマトを幾つか取り出して、

「こっちはさっきスーパーで買ってきたトマト、こちらは魚の粗を使った堆肥で育てたトマト。さあ、見てて下さいよー」

　と言うと、水を張ったボウルにトマトを入れた。するとどうだろう。丹沢粗トマトはひとつ残らずボウルの底に沈んだが、スーパーのトマトは全部プカプカと浮いたのである。

「皆さん、これが土の力の差、いや粗の底力なんだよ。粗を混ぜた堆肥を使って育てたトマトは、根っこから粗のミネラルを吸い上げて完熟するんだそうだ。だからうま

味や甘みがトマトにしっかりと溜まって、ズシリと重くなり、こうして水に沈むんだ。食べてみれば、違いはすぐにわかる。五郎兄いさん、このトマトを四つ切りにして皆さんに出して下さい」

森鉄のおやじは紙袋から二種類のトマトを十個ずつ取り出し、五郎に渡した。

丹沢粗トマトを食べた瞬間、あちこちから驚きの声が挙がった。

「こりゃ確かに味が濃い。香りも高いね」

「なんだぁこれ、砂糖でも掛けたみたいに甘いねえ。びっくり仰天だわ」

「子どものころ食べたトマトの味を思い出したよ。昔はこんなのばかりだったんだ」

ひとしきり感動の声が続いたあと、森鉄のおやじが再び濁声で話しはじめた。

「俺は今日までじっくり考えてきた。そしてようやく考えがまとまった。みんなで会社をつくることにしてはどうかってね。つまり、皆でわずかずつ出資する。その資金で、粗を丹沢の従弟の農場に運んで堆肥をつくり、その土でトマトやナス、胡瓜をつくり、将来は米や麦、大豆、果物までつくる。いわゆる有機野菜をつくって、その作物を首都圏に出荷する。美味しくて、安心安全な作物を届ける、そんな会社をやったらどうかってね」

森鉄のおやじが、急に壮大な構想をぶち上げたものだから、参加者たちは呆気にとられて、もう一度静まり返った。

「従弟は堆肥づくりを引き受けると言ってくれている。あとは、近くの農家にその堆肥を分けて作物をつくってもらい、会社はそれを農家から買い上げて、『安心安全で美味しい農作物』と銘打って首都圏を中心に販売する。こうすれば、会社が広大な農場を持つ必要はないし、農家にも仕事がどんどんまわって、現金収入もしっかりと保証される。

つまり、粗が余すことなく有効利用されて魚は成仏し、農家は助かり、消費者は安心安全な作物を食べることができる。何もかもいいことずくめだ。俺は必ずこの計画を実現する。

ただ、こんなうまい話を独り占めするわけにはいかないから、今回、『築地市場・祭りだワッショイ！』で実行委員会が結成されたのを機に、ぜひこのメンバーを中心に会社をつくってみたらどうかと考えたわけなんだ」

森鉄のおやじはここまで一気に話すと、どっかと腰をおろした。すると、誰からともなくパチパチパチと拍手が起こり、参加者全員に広がっていった。皆は顔を見合わせ、肩を叩き合いながら、「やろう、やろう」と声をかけあった。

森鉄のおやじの構想は、早速実現に向けてスタートした。翌週から週に一度、築地市場内にある、出入業者が使える小さな会議室で、会社設立のための準備委員会が開かれることになったのである。幸い、築地市場の仕事は早朝から始まり、午前中には上がれることが多い。午後には委員の大半が集まることができる。

会社の定款（ていかん）をつくり、監督官庁や都への申請と認可、粗を堆肥原料とするための知事への届出など、膨大な手続きの連続であったが、それらを全てクリアし、約半年後には、目出度く「株式会社　五つの風」の設立に漕（こ）ぎ着けたのである。

社長には発起人である森田鉄郎が就き、役員には築地市場を運営管轄する東京都から一名、築地市場環境衛生連絡協議会から一名、築地市場仲卸組合から二名、それに森鉄の従弟で丹沢で農業を営んでいる小野田和樹（かずき）、さらに新しく美山唄子（みやまうたこ）という女性が常務職に就くことになった。

また出資者には、団体として築地市場に出入している産業廃棄物処理業者十一社、築地市場振興財団、築地場外市場組合連合会、財団法人東京湾をきれいにする会、中央区などが名を連ねた。

さらに、この話を聞きつけて、築地以外の大田、板橋、淀橋、足立、葛西などの東京都中央卸売市場、さらには横浜や川崎、船橋、千葉など東京以外の市場からも、株主の申し込みが相次いだ。市場を取り巻く環境問題や衛生問題などが連日のように取り上げられているので、多くの人の注目を集めたのだろう。

個人の出資者としては、役員のほかに「築地市場・祭りだワッショイ!」実行委員会から有志数名が加わった。そして鳥海五郎をはじめ、五郎が声をかけた山路桂一、藤田栄助、牧田厨房長、「一式屋」の山野井弘、新内節の鶴賀律太夫、新聞記者の斎藤信一郎、東都水産大学の浦河誠一なども数株ずつだが、株主になることになった。

築地市場環境衛生連絡協議会の事務所内の一角に机と椅子(いす)、電話とパソコン一台を置かせてもらい、アルバイトの女子事務員一名からの出発であった。それがやがて、大きな企業に発展するとは、森鉄のおやじも予想だにしなかったに違いない。

「株式会社　五つの風」という不思議な社名は、美山唄子の発案によるものだった。美山唄子は当初、会社設立のための登記などを専門に行なうコンサルタント会社からアドバイザーとして派遣されていた。行政書士の資格を持つ才媛(さいえん)で、人懐(なつ)っこく明るい性格から、築地市場周辺の中小企業や商店主の間で知らぬ者はいない。相談されれば、店のキャッチコピーの考案や、新製品のネーミングまで引き受けていた。それもあくまでボランティアでやっていることだからと、謝礼は一切受け取らない。そんな気っ風の良さも評判であった。

美山唄子の仕事は新会社設立のための手続きについてアドバイスすることであった

が、相談に乗っているうちに、お金を払って捨てている廃棄物の粗を利用して、安心安全で美味しい農産物をつくるという新会社の構想自体に惚れ込んでしまったのである。

第一回目の設立準備委員会のあとに開かれた懇親会で、唄子は熱弁を振るった。

「会社をつくる以上は、出資者のためにも倒産することは絶対に許されません。そのためには、会社の存在を多くの人に知ってもらい、社会的信頼を得ることが大切です。ですから、どんな社名にするかは最重要課題だと思います。魅力的な社名、一風変った社名、おや何をする会社なんだろうと興味を引く社名にすれば、覚えてもらえる可能性が広がります。ここはひとつ、私に社名を考えさせて下さい。必ず皆さんに喜んでいただける社名を考えてみせます。ええ、どうぞまかせて下さい」

準備委員会のメンバーは半信半疑ではあったが、唄子の人柄を知っているだけに満場一致で彼女に委ねることになった。

一週間後の第二回設立準備委員会で、唄子は「株式会社　五つの風」という社名を提案してきた。突拍子もない社名に、出席者はどうしたものかと顔を見合わせていたが、唄子は目を輝かせて「五つの風」とした理由を語りはじめた。

「風はどこからともなく吹いてきて、いろいろなものを運んできてくれます。そこでまず、この新しくつくる会社にも素晴らしい風が吹いてきて欲しいという願いを込めました。この会社は廃棄物を利用することによって、地域の環境保全にとても貢献しますし、さらに安心安全の農作物を消費者に供給することで社会貢献も果たします。昔、その土地の状態を『風土』と言いました。この会社は、昔ながらの方法で堆肥をつくり、そこから生活環境と食の安心安全を呼び戻す。つまり昔の日本の風土を築地にもう一度根づかせるのです。

五つの風のうちの一つ目は、この『風土』をつくるということです。そして、肥沃(ひよく)な土で育てることで、とても美味しい農作物が収穫できます。それは『風味』に通じます。これが二つ目の風です。三つ目の風は、豊饒(ほうじょう)な土づくりはその地域に緑を広げ『風景』を生み出します。四つ目の風は、安心安全な農作物を食べて心身ともに健康な体になれば、その人に『風格』が出てきます。そして最後の五つ目の風は、こんな素晴らしい会社にはきっと『神風』が吹く。『風土』『風味』『風景』『風格』という四つの風を巻き起こし、会社には五つ目の『神風』が吹く。

私たちの新しい会社の名前は『株式会社　五つの風』です。これしかありません。

皆さん、いかがでしょうか」

唄子の完璧(かんぺき)な説明に、誰一人として異論はなく、この浪漫(ロマン)に満ちた社名が決定したのである。そして、唄子は会社の設立と同時に、それまで勤めていたコンサルタント会社を辞め、「株式会社　五つの風」の常務取締役となったのである。

会社発足後は、毎日のように、築地市場から堆肥原料の粗が丹沢の小野田農場に運ばれて行き、牛や豚の糞とよく混ぜ合わされて発酵処理された。そこから得られた栄養たっぷりな堆肥は、契約している近郊の農家へ供給され、そこで育てられた農作物は会社を通して東京卸売市場青果部に運ばれた。

キャベツ、レタス、白菜といった葉菜(ようさい)類のほか、トマト、胡瓜などの漿果(しょうか)類、ダイコン、ジャガ芋、ニンジンなどの根菜(こんさい)類が、美味しさと安全という点から俄然(がぜん)注目され、出荷したその日のうちに完売となるものも多かった。化学肥料で育てられた農作物とは段違いの風味を持つ逸品なので、高値で取引されたが、その利益は農家と小野田農場、「株式会社　五つの風」の三者に分配された。五年後には、「株式会社　五つの風」の従業員は十九名となり、年商は二十一億円を超えた。正に粗と頭は使いようだったのである。

第四章　粗神様（あらがみさま）

「築地市場・祭りだワッショイ！」から一ヶ月ほど経（た）ったころ、「粗屋」に一通の封書が届いた。差出人は東京都渋谷区代官屋敷町四丁目四の一番地、西園路醇一郎（さいおんじじゅんいちろう）と記されている。五郎は西園路などという由緒（ゆいしょ）のありそうな名前に覚えはなく、ちょっと緊張した。しかも、その封書にはただならぬ気配が漂っている。封筒は手漉（てす）きの和紙で、手にずしりとした重みと優しい温（ぬく）もりが伝わる。何より心惹（ひ）かれたのは、封筒の宛名（あてな）と差出人名が流麗な筆文字で墨書されていることであった。

開封すると、便箋（びんせん）も手漉きの和紙、達筆な墨書で次のように記されていた。

「謹啓　鳥海五郎様には益々御健壮のこととお慶（よろこ）び申し上げます。本日、このように突然お手紙を差し上げます無礼を何とぞお許し下さいますように。

私は民俗学を研究し、都内の大学で学生に講義しております西園路醇一郎と申す者です。

鳥海五郎様に於かれましては、東京築地に粗料理屋を開店され、御繁昌の御様子は新聞や雑誌等で拝見しております。大変珍しい料理屋でありますので、とても印象深く、また廃棄される魚の粗を使うことなども卓越したお考えで、深く敬意を表して居る次第です。

早速本題に入らせていただきますが、鳥海様が若し、以下に述べますことをすでに御存知でしたら、御容赦下さい。

伊豆半島の東伊豆にある小さな漁村に、昔から『粗神様』という神が祀られております。立派な神社が建てられているわけではなく、洞窟の中に小さな祠があって、そこに粗神様の御神体が納められております。この粗神様は、怪我や病気から身を守ってくれる無病息災神として、昔から地元の人々に崇められてきたもので、その起源は平安時代に遡るといわれております。

私はこの不思議な名の神様に興味を抱き、民俗学的に調査して、日本民俗習俗学会関東支部会などで発表して参りました。調査の結果、魚の粗を御神体とするのは日本でここだけであることが判明しております。

こうしてお手紙を認めましたのは、魚の粗を大切にしてきた鳥海様に『粗神様』のことを是非お知らせしたかったからなのです。とはいえ、手紙ではお伝えしきれませんので、一度お店の方に伺いまして、粗料理をいただきながらお話しできれば学者冥利（みょうり）に尽きると存じます。その節は何とぞ宜敷（よろし）く……」

その西園路醇一郎から電話がかかってきたのは、手紙が届いてから一週間後の夜のことであった。「築地市場・祭りだワッショイ！」実行委員会の反省会でもちあがった新会社設立のことなどで、猫の手も借りたいほど忙しかった五郎は、手紙のことをすっかり忘れていた。受話器から聞こえてくる声は落ち着いていて、学者の風格が感じられる。

「お忙しい時間に電話をしましてお許し下さい。先日、粗神様の件でお手紙を差し上げました西園路と申します。急な話で申しわけありませんが、明後日の土曜日にお店に伺おうかと思っているのですが、予約できるでしょうか。午後六時から二人でお願いしたいのですが」

「西園路」という名前を聞いて、すぐに手紙のことを思い出した五郎は丁寧に応じた。

「粗屋の鳥海です。先だってはお手紙を頂戴（ちょうだい）し、ありがとうございました。お返事を差し上げず失礼しました。幸い明後日は大丈夫ですので、ぜひお越し下さい。午後六時にお待ちしております」

二日後の午後六時、西園路は夫人を伴ってやって来た。他に客はまだ来ていない。

「初めまして。西園路醇一郎です。こちらは妻の美和子です。何とぞよろしくお願い致します。念願の店にようやく辿り着いた、という思いです」

真っ白いワイシャツに地味なネクタイをし、濃紺の背広を着ている。長身で白髪、縁の太い眼鏡をかけ、いかにも学者然としている。和服姿の美和子は、小柄で品のある顔だちをしている。

五郎は、夫妻にカウンターの中央の席をすすめ、自分は厨房に入った。すぐに西園路が「それでは早速料理をお願いします」と声をかけた。

まず酒は、甘鯛の骨をこんがりと狐色になるまで焼き、それに熱い酒を注いだ「甘鯛の骨酒」。先付けは「鮃の粗炊き」である。鮃の頭、縁側、中骨などの粗を酒と醤油と味醂で甘塩っぱく煮た一品で、材料の粗は二時間ほど前に築地の鮨屋から仕入れてきた。この上なく新鮮なものであるから、淡い鼈甲色に染まって光沢を放ち、生臭さなど微塵もない。箸をつけた西園路は、思わず「お、おっ」と小さな声をあげて頷き、妻の美和子と目を合わせた。

この日、夫妻に出された料理は、「真鯛の甲煮と真子煮」、「車海老の頭の鬼殻焼き」、「鰹の腹須焼き」、「鮪の中落ちの葱たたき」、「鮟鱇の肝のフォアグラ風ステーキ」などであった。いずれも、西園路夫妻の想像を遥かに超えるものばかりだったので、二人は夢中になって料理のひとつひとつを眺め、嘗め、しゃぶり、嚙んでことごとく食べ尽くしていった。

店内が他の客でかなり賑やかになってきたころ、最後の料理「煮凝丼」の小盛りが出された。

「いやぁ鳥海さん、こんなに美味いとは想像以上でした。粗神様の話をしに伺ったのに、粗料理のあまりの美味しさに夢中になって、話をするのをすっかり忘れてしまいました。お店も混んできましたし、今日はもう時間がありませんから、持参した資料を置いてまいります。時間があるときにでも読んで下さいますか」

と言いながら、脇に置いていた風呂敷包みを差し出した。

「それはありがとうございます。もちろん読ませていただきます。何と言っても粗に関わることなので、一体どんな神様なのかとずっと気になっていました。資料を読むのが楽しみです。そして、粗料理もお口に合ったようで、ほっとしました」

「いやいや、もう驚きと満足の連続でしたよ。粗に対するこれまでの認識が一変してしまいました。また伺わせていただきます」

西園路夫妻は、土産に「鰻の肝の佃煮」と「烏賊塩辛の赤造り」を購入して、上機嫌で帰って行った。

翌日の日曜日、店は休みである。午前十一時に、五郎は西園路が置いていった風呂敷包みと筆記用具などを持って「レストラン　路」に向かった。すでに親友といえる仲になっていた牧田厨房長に、昨夜電話で、明日は開店早々に行くのでよろしくと言っておいたのだ。五郎はその日一日、「レストラン　路」で美味いものを食べながら、粗神様の資料をじっくり読むつもりであった。

風呂敷包みには、一冊の薄い本とＡ４のレポート用紙を綴った報告書が入っていた。それぞれ表紙には「『粗神様のこと』西園路醇一郎著」、「粗神様の成立と地域民間伝承に関する調査報告書」と書かれている。本の発行元は「日本民俗習俗学会」、研究報告書の提出先は静岡県賀茂郡伊豆加茂町教育委員会である。

五郎は『粗神様のこと』から読みはじめた。冒頭に概要が述べられている。

「静岡県賀茂郡伊豆加茂町久寿（江戸時代の旧地名では『久寿』は『薬司』）に、地域住民が江戸時代から信仰してきた魚の粗を御神体とする『粗神様』がある。魚の粗を祀った神様についてはこれまで日本の歴史上全く報告はなく、本報が初見と思われる。

敬い奉る神は鬼神鬼咆丸で、言伝えでは、この神は加茂南に位置する天嶺山に棲み、その山底から通じる鬼穴を使って薬司の海に出入りしていた。その鬼穴の中に、粗神様の御神体が納められた小さな祠が祀られている。江戸時代中期のものと推定される。

鬼吔丸が薬司地区に住む五軒の家に万能の霊薬『五家鬼養湯(ごかきようとう)』の製法を授けたという。製法は、魚の粗に塩を加えて醸(かも)すというもので、服用すれば主として下痢、便秘、整腸健胃、腫瘍(しゅよう)、風邪、塗布すれば切り傷に著効ありとされた。その霊薬の噂(うわさ)はたちまちのうちに広まって、近郊はもとより遠方からも多くの人が薬を求めて薬司詣(もう)でをした。そのうちに五軒の家ではそれぞれに『五家鬼養湯』を製造し、販売するようになった。そのお陰で、五軒の家は皆潤(うるお)ったので、鬼吔丸を神とあがめて、粗神様として祀ることになったのである。

筆者らが祠の中を調査したところ、そこには黒くて滑らかな小さな石板が一枚あり、そこに霊薬『五家鬼養湯』の醸し方と効能、服用、塗用の仕方などが極めて小さな字で詳細に彫り刻まれていた。

本論文は民俗習俗学的見地から、粗神様の成立とその神に対する薬司五軒組の信仰、また、霊薬が薬司の経済に於いて果たした役割、さらには粗神様信仰の衰退と五軒組の崩壊などについて論ずるものである。

なお、この粗神様が伊豆半島東海岸にあることに鑑(かんが)み、伊豆半島西海岸及び、近隣の初島、伊豆大島、新島(にいじま)などでも粗への信仰や粗神様の存在の有無についても調べたが、現在のところ久寿以外の地にその存在を確認することはできなかった。しかし、新島には昔から、くさやの発酵汁を民間伝承治療法の妙薬として使い、下痢、便秘、風邪、切り傷などに重宝してきた事例があり、これが比較的最近まで伝承されていたことは、特記に値する。

『五家鬼養湯』と新島のくさや汁はともに、塩存在下における微生物の生理作用にもとづく魚の発酵物であり、その上、効能が一致する点で単なる偶然とするのは早計に失すると判断されるため、引き続き検証することとした……」

五郎は要点をノートに書きとめながら読み進めたが、「石板に彫られた『五家鬼養湯』の醸し方」というところにきて、俄然引き込まれている自分に気づいた。それもそのはずで、毎日店で料理に使っている魚の粗が、万病の薬をつくる材料になっていると書かれているからである。万能薬のつくり方は、西園路が訓み下し、注をつけていた。

「日に開け月に進む所の粗医術の力は、今や造化の神秘を破毀し、天亦不思議なるもの無らんとす。粗療是に於いてか、神仙を招かざるも、長生の術之を得べく、魔神を降さざるも、幻怪奇異の法之を施すべく、彼の古来一子相承他言を許さずと伝え来る秘伝也。此粗医術に施さざる御薬の製法は、天嶺山鬼咆丸の御顕わしなり。霊神鬼咆丸格別の御心労遊ばし、御究理を御遂被遊、終に秘薬粗醪を御発明相成。

此粗醪之効能幾十症在りて、即ち風邪之効（感冒）、泄痢之効（下痢）、傷寒之効（熱性の病）、霍乱之効（腹痛吐瀉）、傷食之効（食べ過ぎ）、瘧痢之効（熱性下痢）、泄瀉之効（水中と腹下り）、食傷之効（食中毒）、積滞之効（滞）、散利之効（排便排尿）、脹症之効（腹が張る）、中満之効（腹が膨れる）、癰疽之効（皮膚の腫れ物）、諸瘡之効（瘡蓋）、切傷之効（切り傷）、膿疵之効（膿、水膨れ）、他也。取分、風邪、瀉下（下痢）、疎通（便秘）、並、切傷に著効有り。風邪、瀉下、疎通の如き内病之砌には、秘薬粗醪をば猪口八分目の目安で注れ、之を二分目の微温湯にて解きたる後に朝と夕の二度服す。亦、切傷並に膿疵の如き外病の砌には、粗醪をば其儘塗布す。

偖、霊神鬼咆丸の創りし秘薬の醸し方は以下の如し。即、鯵、鯥、鰹、飛魚、鰯、鱰、鯔、鯖、鱸、鰆抔の魚を卸したる折、出たる頭、鰭、中骨、胃の腑、肺、腸、鮞の如き粗をば包丁にて能く能く叩き置く。其粗一斗に塩一升五合、米糠五合を加えて能く混ぜたる後、木桶に入れて漬醸すなり。新に醸し拵えたき当座には、故き粗醪を五合程入れること肝要なり。漬けた桶は冷涼なりて暗き処に置き、日に一度手を入れて掻き回す可し。殊更新しき内は、燗冷、湑酒（飲み残しの酒）、醬油之澱、味噌漬之味噌、糠漬之糠、粕漬之粕抔を無造作に捨つ可からずして、萬事心掛けて粗醪の中に入れる可し。

斯て、一月ならずして醪能く熟、故き粗醪に異なること無く、年久しく（長い間）悪しくなること無し。亦、時となく（常に）粗醪の匂嗅ぎて其有様を試むこと肝要なり。悪臭在りて腐付き嘔吐の心地催すもの不可也。健にして忌み無き醪は、鮓様、鮑様の匂在りて芳醇なり。事事く醸し終えたる粗醪をば小分けして薬壺に入れ、更に一月程熟れさせたる後に用う。
以上の秘宝薬司五家の掟也。厳に他言許さず。若此掟破る者有らば、霊神の怒極度に達して薬司五家に怨霊の祟在る許か必ずや未曾有の災難襲うなり」

五郎は霊薬について簡単にメモした。

「五家鬼養湯という秘薬は、魚の粗を原料にしてこれに塩と糠を木桶に入れ、そこに古い粗醪を加え、燗冷や醤油の澱などを加えて一ヶ月ほど醸し、さらに一ヶ月ほど熟成させれば完了する。

この薬を微温湯に溶かして飲めば風邪や下痢、便秘などに効き、また切り傷や化膿したところにつけても効く」

その日五郎は、「レストラン　路」で昼飯に白身魚のフライバーガー、夕飯に舌鮃のムニエルとご飯を食べた。午後八時半ごろアパートに戻ったが、蒲団に潜り込みながら、近いうちに粗神様にお参りに行かなければと思うのであった。

翌朝、五郎は西園路醇一郎に電話を入れた。幸い在宅中で、西園路の資料を読んだこと、そして何よりも粗神様の存在を知って感動したことなどを話すと、西園路は恐縮しながらも、五郎の話に満足した様子で、

「鳥海さんのお店は確か日曜日がお休みでしたね。朝早く出れば日帰りできますから、いつでもご案内しますよ」

と言ってくれた。

粗神様参拝の話はとんとん拍子で進み、一ヶ月後のある休日に決行することになった。そのことを日頃粗料理に関心を寄せている『一式屋』の山野井社長に話すと、残念ながらその日は姪（めい）の結婚式のため同行できない、ということであった。そこで、西園路が粗神様のことで店にやって来た時から、この話に興味を抱いてきた牧田厨房長に声をかけてみると、休みをとってでも是非連れて行って欲しいということであった。また、近くに旅をする時には、いつも幼馴染（おさななじみ）の藤田栄助を誘うので話をしてみると一も二も無く同行することになった。西園路とは現地の駅で待ち合わせることにした。

日曜日の早朝、五郎ら三人は東京駅の新幹線ホームで合流し、「こだま号」に乗車して熱海で下車。伊東線と伊豆急行線を乗りついで、午前九時半に伊豆加茂駅に着い

た。西園路が改札口で三人を出迎えてくれた。

「やぁ皆さん、よくいらっしゃいましたね。私は昨日来て、近くの民宿に泊っていました。粗神様の調査に来るときはそこを常宿にしているのです」

四人はタクシーに乗り、鬼ヶ崎の久寿というところまで行った。タクシーを降りると、そこは潮の匂いと波の音が心地よい典型的な漁村であった。辺り一帯は海に迫る急な断崖（だんがい）が多く、海岸には巨大な岩がゴロゴロと重なり合っている。岩のひとつに立って後ろを振り返ると、頂きを鋭く尖（とが）らせた山がこちらを見下ろしていた。それが天嶺山だという。

切岸（きりぎし）を注意しながら波打ち際（ぎわ）まで降りて行くと、そこには高さが一〇メートル、幅一五メートルほどの洞窟の入口があって、大波が寄せては引くことを繰り返していた。あたかもそれは、巨大な鬼が口を大きく開けて波を悠然と呑（の）み込んでは吐き出しているかのように見える。西園路によると、伝説ではその穴は天嶺山の真下まで続いていて、天嶺山に棲む鬼はここから海に出入りしていたため、「鬼走り（おにっぱし）の穴」と呼ばれたという。

四人は、波の直撃を受けない岩を伝って洞窟に入った。足元に注意しながら進むと、穴は次第に狭まっていき、入口から三〇メートルほどのところで、それ以上進むには明かりが必要になった。そこで、各自が携えてきた懐中電灯をつけ、さらに注意深く奥へと進んだ。少しずつ登りになって、ゆるやかに右に曲がり、その先はやや下っていく。

しばらく岩肌をなぞりながら進んでいた五郎の右手に突然動くものが触れた。驚いてそこを照らしてみると、四〜五センチはあろうかという大きな海蛆（ふなむし）が大急ぎで逃げていった。ぞっとしてその周囲を照らすと、同じくらいの海蛆がびっしりといて、「サワサワサワサワ」と音をたてながら蠢（うごめ）いている。

五郎が天井や足元を照らしてみると、頭上は意外に広く、そして高くなっており、突然開けたその空間は、小さな舞台のようになっていた。どうやらここが目的の場所ではないかと思っていると、西園路が「ほら、ここに粗神様が祀られていますよ」と懐中電灯の明かりを向けた。

三人が一斉に岩壁を照らすと、四角く凹（くぼ）んだところがある。よく見ると、下から二メートルほどの岩肌に、一メートル四方の穴が刳（く）り貫（ぬ）かれていて、その中央部に石造りの小さな祠が見えた。そこに粗神様の御神体が安置されているという。

恐る恐る近くに寄ってみると、祠が相当古いものであることは五郎たちにもわかった。祠の扉は観音開きになっていて、屋根の張り具合などからみて、江戸中期ごろのものだろうという。明かりを足元に向けて注意深く観察すると、石段が祠の下まで五段ほど組まれている。

「扉を開けると、御神体が鎮座しています。では中を見せていただくことにしましょう。私が二礼二拍手一礼をし、粗神様へ御開帳のお許しを請いますので、皆さんもそれに合わせて拝んで下さい」

　四人は懐中電灯を足元に置き、西園路が、

「粗神様よ許し給え。粗神様御鎮座遊ばされ給え。粗神様よ何卒しずまりますことを」

と小さな声で奏上し、二礼二拍手一礼した。三人もそれに合わせて拝むと、西園路は祠の扉を厳かに開け、中に入っていた御神体をそっと手で持ち上げ、やさしく引き出して手に受けた。そして両手で抱えるようにしながら慎重にそこから離れると、洞窟中央部のやや広いところに戻って大きめの岩の上に置き、御神体を懐中電灯で照らした。

　それは縦一五センチメートル、横一〇センチメートル、厚さ一センチメートルほどの黒御影石の石板で、小さな文字がびっしりと彫り刻まれている。それが本にあった「『五家鬼養湯』の醸し方」なのであろう。

西園路は粗神様がなぜここに祀られたのか、その歴史について話しはじめた。この神様の成立について調査しているとき、郷土史家から、久寿に住んでいる九十二歳の山本仁右衛門（じんえもん）という老人が、粗神様のことをよく知っているという情報を得た。そこで山本翁に会って聞き取りをしてみると、彼の祖父が江戸時代の生まれで、小さいころ、祖父から粗神様の故事来歴を教えられ、それを覚えているという。

山本翁（おう）によれば、平安中期の武士渡辺綱（わたなべのつな）が羅生門で鬼退治をしたことに端（たん）を発するというのである。そこまで話すと西園路は、背負っていたナップザックからカセットテープレコーダーを取り出して、

「山本仁右衛門さんから聞き取りを行なったときのものです。実に詳しく粗神様の来歴が語られているので、どうぞ聞いて下さい」

と言ってスイッチを入れた。西園路はこのような貴重な資料までわざわざ持ってきてくれていたのである。五郎たち三人は頭の下がる思いでテープに聞き入った。

山本翁の声には、九十二歳とは思えない力強さと張りがあった。自然体でゆったりとした低い声は、静寂に包まれた洞窟内に谺（こだま）し、四人は壮大な歴史の中に引き込まれていった。

「おめえ様の知りたがっている粗神様ちゅうのは無病息災、病気を払う薬神様（やくがみさま）なのじ

ゃよ。その昔な、あの洞窟に棲む天嶺山の鬼が万(よろず)の病に効く薬を醸していたのだそうじゃ。鬼はな、海で獲(と)った魚をあの洞窟に持って行っては貪(むさぼ)り食うたんじゃが、はじめはうめえところばかり食うてな、腹わたや骨なんぞといった粗は捨てていたっちゅうわけじゃ。

ところがじゃ、そこに溜(たま)っていた粗がそのうちにモクモクと泡を噴き出しおってな、その泡がふわふわと飛んでいって鬼の太腿(ふともも)にピタリと付いたんじゃと。ちょうどそのときにな、鬼は怪我をしてて腿んとこが化膿(う)でひどく苦しんでたもんじゃが、なんとも不思議なことに、次の日にはその腫れが引いていてケロリと治ってしまったのじゃ。これは薬に違いないと、それからは粗を大切にして泡を出させ薬をつくったんだと。なんとその薬はじゃ、怪我に効くだけじゃなくて、あらゆる病に効くこともわかってな、鬼はとても重宝していたということじゃ。

それがあるときから、鬼はその薬を小さな壺に入れて毎月十日になると『鬼走りの穴』の入口にこっそり置いておくようになったんじゃよ。つまり、この久寿の家々の御先祖様たちに霊薬を分けてくれたっちゅうわけだ。

なんで鬼がそんな気のきいたことをしたのかちゅうとな、それには深(ふけ)え理由(わけ)があるんじゃ。渡辺綱じゃよ。渡辺綱がな、京の市原野で鬼同丸(きどうまる)を斃(たお)し、羅生門でもまた悪い鬼を退治したのは有名な話なのじゃが、実はな、渡辺綱はこの天嶺山の鬼のことも聞きつけておってな、『わしが退治してくれるわい』と言って勇んで京を出たそうじゃ。そして天嶺山の頂に陣を張って、『鬼走りの穴』に向けて進撃を開始したんじゃと。

ところがだ。久寿の家々の御先祖様たちはな、鬼退治を渡辺綱に許さなかったんじゃ。『天嶺山に棲む鬼咆丸はこの村を守ってくれるいい鬼である。恐れ多くも天嶺山の山の神から平民加護の命を受けた過現未三世の鬼である。もし鬼咆丸を討ち滅ぼせば、この地一帯は餓鬼畜生の栖む阿修羅地獄に化してしまうであろう。決して討ってはならぬ。どうしても鬼咆丸を滅ぼさんとするならば、まず我らを鏖してから行くがよい。ここを通すことは断じて許すまじ！』と言って、この村の五軒の家の男衆が、『鬼走りの穴』に下りて行く断崖の道を体を張って塞いだんじゃそうじゃ。それは長徳元年十月十日のことと伝えられておる。

さあ、こうなるとさすがの渡辺綱も困った。罪のない民百姓を鏖したとわかれば、名君の誉れ高い主君の源頼光公の顔に泥を塗ることになる。渡辺綱はな、仕方なく京に引き上げたということじゃよ。こうして鬼は退治されずにすんだのじゃが、それからというもの、毎月十日になるとな、『鬼走りの穴』の入口に活きのいい魚と、壺に入った薬が置かれるようになったそうじゃ。まあ鬼の恩返しというわけだ。壺の中の薬はな、鬼ヶ崎の五軒が均等に分けて使っていたのだよ。その薬なのじゃが、万の病いに効くという優れものじゃて、腹下りにも、風邪にも効いた。やれ夏負けだ、やれ糞詰まりだといっては飲んだ。切り傷にも効いたんじゃ。それはもう、村人は大助かりじゃ。

そのうちにな、薬の噂を聞きつけて近隣の村から鬼ヶ崎に訪ねてくる者がぽつぽつ出てきおった。子供が死にそうだとか、父ちゃんが危ないっていう者ばかりなもんで、五軒の家の男衆は可哀相に思っての、ただで薬を分けてあげたそうじゃ。

ところが、だんだん訪ねてくる人が多くなってしもうてのう。困り果てて、五軒の家の男衆が集まって相談したのじゃよ。そしてな、『困っている人を助けるのは人の道というもの。しかし何せ薬の量は限られておる。そこで鬼咆丸にもっと薬をたくさん分けてくれんかと頼んでみてはどうじゃろうか。そのために鬼走りの穴に祠を建てて、鬼咆丸に祈願しよう』ということになったんじゃ。

早速祠を建てて祈禱した。すると翌月の十日のことじゃ、五軒の家の男衆が『鬼走りの穴』にいくとな、なんとも不思議なことに、小さな薬壺が幾つも置いてあったそうじゃ。そばには一通の書状が添えられておった。書状ったって鬼が書くものだで、すぐに破れちまう紙なんぞ使わん。石板に文字が彫り刻まれていたそうじゃ。男衆は字が読めんのでな、一体何が書いてあるか皆目見当つかねえが、とにかくそれを祠に安置し、祈禱してから、村はずれの櫛甕(くしみか)神社に持って行ったそうじゃ。神主さんに読んでもらおうちゅうわけだ。そしたらな、なんとそこには万(よろず)の病に効く薬の造り方が書いてあったんじゃと。

それ以来、『鬼走りの穴』の入口に薬が置かれることはピタリとなくなったそうじゃ。そこでな、五軒の家の男衆がその石文どおりに薬を造ってみたらば、そりゃおめえ様、鬼が分けてくれてたのと全く同じものが出来てしもうた。それからというもの、五軒の家の男衆はな、その薬を造っては、遠くからやってくる人に分けてやったということじゃ。そんなわけで、この村にはいつしか『薬司(くす)』という地名が付いたというわけじゃ。今は『久寿(くす)』と書かれとるがな。

初めのうちは、ただで薬を分けてやっていたんじゃが、糠代やら塩代やらいろいろ掛かりおるもんでな、僅(わず)かな薬代をもらうようになった。

そうして薬司の家々は毎月十日を祭日と決めてな、祠の前に神饌(みけ)を供えて鬼咆丸に祝詞(のりと)を捧(ささ)げ、そして魚の粗に感謝してきたっちゅうことだ。最初のころは、『鬼咆丸神社』と呼ばれていたそうじゃが、いつの間にか『粗神社』とか『粗神様』と呼ばれるようになったということじゃ。

こうして幾世代も過ぎてな、街道が開け、人の交流も盛んになると、薬の噂は伊豆国から駿河、遠江、甲斐、相模へと広まっていった。当然、薬を求めて薬司詣でをする人がどんどん増えてくる。すると五軒の家が協力して薬を造っているのでは間に合わなくなってな、いっそのこと、めいめいの家でも薬を造ろうじゃないかということになった。しかも家業にしようということになって、五軒の家ではそれぞれに薬を醸して商売を始めたんじゃよ。薬には『五家鬼養湯』という名が付けられた。そりゃ売れた。どの家にも蔵が建ったそうじゃ。

ところがな、こうして金が蓄まるとな、もっともっとと欲が出るのは人の性じゃよ。鉄の結束でまとまってきた五軒の家の一軒が他より安く売りはじめた。客を独り占めしようとしたんじゃな。それではと他の家も荒い商売をする。もうそうなったら弛んだ箍を締めなおすことはできん。毎月十日の例祭も忘れて、ただひたすら金儲けに没頭したそうじゃ。そうこうするうちに、案の定、競争に負けて潰れてしまう家が出たそうな、だが残った家はどんどん醜い争いを続けたそうじゃ。

ところがあるとき、とんでもない事件が起こった。『五家鬼養湯』を飲んだ病人の間に奇妙な症状が出はじめたんじゃ。体のあちこちに赤い発疹が出て激しい腹下りが起こった。万の病に効くはずの薬が逆に病気を重くしちまったのだから、おおごとじゃ。中には虫の息になる者も出た。すぐに薬の販売は止めたんじゃが、それで事が収まるわけはない。当然、薬代を返せと迫られるし、病人の出た家には相応の金を持って見舞いに行かにゃならん。その上、事件を聞きつけた代官が来てな、薬を造り、売った者たちを引っ捕えてしもうたんじゃ。悪いことは続くものじゃて、その秋にな、どでかい地獄風と鉄砲水がこの村を襲ってな、薬司の村は壊滅的な被害を受けたっちゅうことだ。

かろうじて生き延びた薬司の村人は、『これはきっと、鬼咆丸の祟りじゃ。人助けのために授けられた霊薬を、醜い金儲けに使った罰が当ったのじゃ。鬼咆丸にお詫びして、二度とこのようなことはせぬとお誓いしよう』と、毎日毎日『鬼走りの穴』に入り、祈禱して鬼咆丸の怒りを鎮めたそうな。

以後、薬造りは一切止めて、毎月十日には神饌を粗神様にお供えして祈ってきたそうじゃ。お蔭でな、それからというもの、粗神様の怒りが収まったのじゃろか、村からは不思議に病人が出ないばかりか、大きな災害もないということじゃ」

山本翁の話はそこで終っていた。二十分近く、一度も休むことなく滔々と話す体力と記憶力の確かさは、とても九十二歳の老人とは思えない。

西園路はカセットテープレコーダーをナップザックにしまいながら、

「というわけです。昔の人は魚の粗さえ無駄にせず、薬まで造っていたんですね。そう考えると、粗屋さんは、この粗神様の御利益に叶う仕事といってもよいでしょう。人はまた、私が思うに、粗神様は魚への供養も意味しているのではないでしょうか。そこで、その魚を獲ってきて食べるだけで、魚に対して感謝する気持ちを持たない。魚を獲り、それを食べる人たちに魚の命の根源である粗を神格化することによって、魚を敬う心を根付かせようとしたのかもしれません」

と言うと、御神体の石板を祠に戻して扉を閉めた。

四人は厳かな気持ちで祠に一礼して洞窟を出ると、その日のうちに東京に戻った。

翌日から、五郎は粗料理の下拵えの合間に、粗神様の石板に彫刻されていた霊薬「五家鬼養湯」の試作にとりかかった。粗神様への参詣は、よほど五郎の心を動かしたに違いない。朝起きると、すぐにその万病の秘薬を醸してみようと決めたのである。

岩男を連れて築地魚市場に行き、いつものように粗を仕入れてから、場外にある食料品店で糠漬け用の米糠を買い、日用雑貨店で蓋付きの二〇リットル入りのポリバケツを購入した。

店に戻ると、すぐに秘薬づくりをはじめた。鰹、甘鯛、鮃の頭や骨、鰓、腸、心臓、肝、胃を四キロ用意し、出刃包丁でよく叩き、ポリバケツに入れた。そこに粗塩六〇〇グラムと米糠七五グラムを加え、杓子でよくかき混ぜた。粗と塩と米糠の配合は、石板に刻まれていた比率どおりとし、酒や醬油の澱などは加えずにつくってみることにした。かき混ぜていると、魚の生臭い匂いと米糠の粉っぽい匂いが強烈に鼻を突いてくる。ドロドロの粗にパサパサの米糠、ジャリジャリの粗塩が混ざると、液状というより硬めの泥状になった。こんな状態で本当に泡が出るのだろうかと、半信半疑でその奇妙な粗醪をしばし眺め、蓋をして店の外にある小さな物置きに納めた。

その後は、仕込んだ粗醪を毎日観察し、メモ帳に記録していった。

「仕込み当日。粗（鰹、甘鯛、鮃）四キロ、粗塩六〇〇グラム、米糠七五グラムで仕込む。生臭く糠臭く、半固形状」

「二日目。全く変化なし。一度混ぜるが、全体が重く杓子は思うように動かせず」

「三日目。少し全体が膨れてきた感じ。匂いは相変わらず生臭く糠臭いが、杓子は少し動くようになる」

「五日目。液状化しはじめ、表面に小さな泡粒が出てくる。生臭み、糠の臭みが少なくなる」

「七日目。全体がトロトロと溶けてきて完全な液状をなしてきた。盛んに泡が発生。

表面が泡で盛り上がる。色は、赤っぽい鰹の酒盗とイカの黒造りが混ざったような黒褐色。生臭さはまったく消えて、少し酒と醤油が混じったような匂いがする。ここで凄(すご)いことを発見！　人差し指を泡の中に入れ、それを嘗めてみると、何とすごく強烈なうま味を感じて感激、感激」

「十日目。全体的に落ちついた感じ。まだ少し泡がプツプツと立ってくる。生臭さがすっかり消えて、醤油と糠みそが合わさったような発酵した匂い。嘗めてみるとうま味に加えて酸味が増してきた」

「十五日目。発酵は完全に収まったようだ。上の方は醤油のような液体、下の方には澱が溜まって、二層に分かれている。その液体を静かにすくい取って、魚醤のつもりで煮物に使ってみた。誠に美味い料理に仕上る。感激。感動。万歳」

石板には一ヶ月間醸せとあるので、そのまま置いてみることにした。仕込んでから三十日目に上澄みを静かに汲(く)み出し、それを布で濾(こ)したところ、約四五〇ミリリットルの発酵液が採れた。色は赤みを帯びた黒色系で、小皿にとって太陽の光を当ててみると、透明度と照りがとてもよいのに驚いた。

下の方に溜まったドロドロした澱こそ、霊薬「五家鬼養湯」なのだろうと思った五郎は、石板の製法どおり、さらに一ヶ月間熟成させることにした。

その霊薬に、科学のメスが入ることになった。「五家鬼養湯」の試作をはじめて二ヶ月が経ったころ、久しぶりに浦河誠一が店にやってきたのである。

「三日前、『レストラン　路』に昼飯を食べに行ったら、牧田さんがひょこひょこ出てきましてね、伊豆に粗神様を見に行ってきた、っていうのですよ。面白そうな話なので根掘り葉掘り聞いちゃいました。よくも粗神様なんていう珍しい神様がいたもんですねえ」

「そうなんですよ。それを調査した民俗学者の偉い先生が案内してくれたんです。その神様の御神体は、魚の粗を使って霊薬をつくる方法を記した石板なんですよ。そこで、粗なら店にいくらでもありますからね、その石板に記してあるとおりの方法で薬をつくってみたんですよ」

と五郎が言うと、浦河は、

「それはすごい。試しにつくってみた薬って今どこにありますか」

と、身を乗り出して聞いてくる。

「ここに置いてありますよ。見せましょうか」

「おお、それはぜひともお願いします」

五郎は冷蔵庫の奥の方に保管しておいた瓶を取り出して、浦河の前に置いた。中には黒褐色のドロドロとした澱が入っている。浦河は蓋を外し、まず匂いを嗅いだ。

「ははあ、これは実によく発酵していますね。魚の生臭さが全くありません。なぁるほど、これが江戸時代の薬ですか」

そして、澱を人差し指の先にちょんと付け、嘗めてみた。

「う〜む。これはうま味と酸味があって発酵した調味料のようなものですね」

「ええ、そうなんですよ。ですから上澄液を先生が今食べられている鰤の粗炊きに使ってみました。実にいい味に仕上っているでしょう」

「おお、そうだったんですか、この鰤の粗煮がねえ……。さすが五郎さんだ。何でも料理に使っちゃうんですねえ。あのぉ、ちょっとお願いがあるんですが、この霊薬をほんの少し、そうですね一〇グラムぐらいでいいのですが、もらえませんか。大学に持って行って成分を調べてみたいんです。同僚に微生物専攻の人がいますから、すぐに調べてくれると思います」

「それは本当にありがたい、ぜひお願いします。西園路先生もきっと喜ぶと思います」

東都水産大学での分析結果が出たのは、それから約一ヶ月後のことであった。開店間もなく浦河がやってきて、

「五郎さん、面白いことがわかりましたよ。あの発酵物の中には何種類もの有用細菌がいましてね。何とその全（すべ）てが整腸作用を持つそうです」

と言うと、手提げ鞄（かばん）から一枚の書類を取り出して五郎に渡した。そこには「粗発酵試料中の微生物群に関する報告」とあり、報告先は浦河誠一、報告者は「東都水産大学水産学部水産加工学科微生物学教室　水原平（みずはらひとし）」とある。

「東都水産大学水産学部水産加工学科水産加工環境学教室　浦河誠一殿

先日依頼されました粗発酵試料について、生育する微生物群を分離し同定致しましたところ、以下の結果となりましたのでご報告いたします。

一、検出した微生物

Corynebacterium（コリネバクテリウム）、*Marinospirillum*（マリノスピリルム）、*Pichia farinosa*（ピチア ファリノサ）、*Lactobacillus plantarum*（ラクトバチルス プランタルム）、*Lactobacillus halophilus*（ラクトバチルス ハロフィルス）、*Micrococcus varians*（ミクロコッカス バリアンス）、*L. kefir*（ケフィール）、*Streptococcus faecium*（ストレプトコッカス フェシウム）、*Pediococcus parvulus*（ペディオコッカス パルバラス）、*Tetragenococcus halophilus*（テトラジェノコッカス ハロフィルス）、*Zygosaccharomyces rouxii*（チゴサッカロマイセス ルキシ）

の十一種。

二、検出微生物の性質

検出同定された微生物はいずれも食塩存在下で生育可能な耐塩性又は好塩性細菌群で、強い生命力を有す。*Corynebacterium* 及び *Marinospirillum* は抗菌性物質（抗生物質）をつくる菌である。

一方、今回の試料からは大腸菌やサルモネラ菌、腸炎ビブリオ菌、黄色ブドウ球菌など病原性菌群や食中毒菌の類は一切検出されなかった。これは、今回検出された菌により増殖が阻止されたことと、塩分の存在のためと思われる。なお、試料中にはアレルギー性食中毒の原因物質であるヒスタミンのような腐敗産物は全く検出されないので、粗の発酵は発酵菌のみで純粋に行われ、腐敗菌及び病原菌の汚染は起っていなかったことがわかる。

三、総合所見

魚の粗を発酵させた試料から分離された菌は、いずれも好塩下で生育する発酵菌群で、それぞれの菌はビタミン類の生産性及び抗菌性物質（抗生物質）の生産性が高いのが特徴である。

また、これらの菌は近年の研究で人体内で整腸作用を有する効果が認められたものが大半で、とりわけ過敏性腸症候群、慢性便秘症、腹痛などに著効との報告もなされている。一方、ビタミン類の高生産から風邪に効能ありという研究結果も発表されている。外科的には、抗菌性物質の生産性が高い菌ばかりであり、切り傷や腫瘍など外科的傷病にも効能を有するものと考えられる。

いずれにしても、魚の粗を発酵させたものの中に、このような病症に効果のある菌ばかりが生息していたことは、ミクロフローラの視点から極めて興味深い。

以上

東都水産大学水産学部水産加工学科助手

微生物学教室　水原　平」

報告書を見た五郎は、興奮のために持つ手がぶるぶる震えてしまった。浦河が報告書の内容をさらに詳しく説明してくれたので、日頃から粗の底力を信じていた五郎は、すぐにでも浦河と祝盃をあげたい気分であった。浦河も上機嫌で、

「私はコピーを持っていますから、それは五郎さんに差し上げます。それからコピーがもう一通ありますから、粗神様を調査した民俗学者の先生にお渡し下さい」

と言って、コピーを手渡してくれた。

「それはそうと、今回の分析にかかった費用はおいくらでしょうか。遠慮なくおっしゃって下さい」

と五郎が言うと、

「いえいえ、その点はご心配なく。むしろ水原君は、いい研究をさせてもらったと感謝していましたよ。近いうちに店に連れてきますから、そのときは粗料理をご馳走し

てやって下さい」

と笑った。

早速、五郎はその報告書を西園路醇一郎に郵送した。すると、三日後の開店直前に西園路がひょっこり現れたのである。

「すばらしい報告書でしたねえ。『五家鬼養湯』の薬効が科学的に裏付けされたわけで、粗神様伝説は意義の大きなものになりました。このことは共同研究という形で民俗習俗学会誌に発表させてもらえるよう、東都水産大学の先生方にお願いしたいと思っています」

「それはとてもいいお考えですね。東都水産大学の浦河先生や水原先生もきっと喜ぶと思います。先生、今日はどうぞゆっくりしていって下さい」

それからしばらくした木曜日の夜、「レストラン　路」の牧田厨房長が閉店間際の「粗屋」に現われた。料理人の中田幹夫とウェイターの高橋岩男が五郎から頼みごとをされたという話を聞きつけてきたのである。五郎は中田と岩男に、

「もしな、腹の具合が悪くなったら、つまりウンコが出なかったり、下痢になったりしたらな、俺に知らせてくれ。なぜかというと、『五家鬼養湯』を飲んでもらいたいんだ。本当に効くかどうかを確かめたいんでね。まあ実験台になってもらいたいって

えことだ。もちろん俺もそういう症状が出たら真っ先に飲む。頼んだよ」

と言っていた。実は、牧田厨房長はその実験台に自ら志願してやってきたのである。

「五郎さん、ここのところずっと肉ばっかりで、野菜をちっとも食べてなかったんだよ。そこに持ってきて連日の深酒がたたったみたいで腹を壊しちまった。その上、昨日から風邪気味でね。そこでその『五家鬼養湯』を試してみたいと思ってやってきたんだ。どうだい、飲ませてくれないか」

それを聞いた五郎は、

「おお、いいですよ、いいですとも。牧田さんが実験台になってくれるなんて願ってもないことだ。今すぐ用意しますよ」

と言って、冷蔵庫から「五家鬼養湯」の入った瓶を取り出し、泥状の秘薬を小瓶に移し入れた。

「これをね、猪口(ちょこ)に八分目ほど入れてから微温湯(ぬるまゆ)で満たして溶かし、朝と夜の二回飲んでみてよ。腹の具合がどうなるかを注意深く観察して、できればその状態をメモしておいてくれるとありがたいなあ」

と、石板に記されていた通りの服用法を伝授した。

それから三日後の日曜日の朝のことである。「粗屋」は休みなので、五郎は溜まっていた一週間分の洗濯を終えて一服していた。すると電話のベルが鳴った。こんな時間に一体誰だろうと思いながら受話器をとると、声の主は牧田厨房長で、

「五郎さん、休みの日に、それも朝早くに電話してすみません。突然なんですが、今すぐレストランまで来てくれませんか」

と言う。「レストラン　路」は日曜も営業しているので、厨房長が朝早く出勤しているのは不思議ではないが、すぐに来い、とはよほどのことだ。時計を見ると、午前八時を少し回ったところである。牧田厨房長にはすごく世話になっているから、緊急要請となれば、二つ返事で行かねばなるまい。

「わかった。それじゃあ、すぐ行くから」

と言うと、愛用の自転車に跨り、「レストラン　路」に向かった。

店に入ると、牧田厨房長が一人悠々とコーヒーを飲んでいた。不思議なことに、首からカメラをぶら下げている。

「いや五郎さん、日曜日の朝早くに呼び出して申しわけない。しかしね、どうしても見てもらいたいものがあってね、それも一刻も早く見せたほうが見栄えもいいと思って。それでは、と、ちょっとこっちに来てよ」

牧田厨房長はそう言うと、五郎を男性便所に連れて行った。そして、奥の方にある

個室の戸を開けて中が見えるようにしてから、

「ほら五郎さん、今朝の私のウンコです。どうです、りっぱなものでしょう。ひどい下痢だったのに、『五家鬼養湯』を飲んで四日目にはこうなりました。状態をメモしておけと言っていたでしょう。百聞は一見に如かず、証拠を見せたいと思って呼んだわけです。いやね、写真は撮ったのですがね、やっぱり実物というか本物を五郎さんに見せようと思ってね」

牧田が指差す先には、極太で、蜜柑色をした誠に立派な大便が塒を巻くように一本、ドンと便器の水の中に沈んでいた。

「あらら。本当にご立派ですなあ厨房長、こんなに威風堂々としたものを見るのは久しぶりです。それにしてもあの霊薬は本当に効くんだなあ、それもこんなに早く。牧田さんに実験台になってもらったおかげで、『五家鬼養湯』の効能が実証されました。ああ、ありがたや、ありがたや」

と、五郎は大便と厨房長に向かい、拝むように手を合わせて低頭した。そして、見事な大便を前にして、あることを思いついた。

「割り箸とマッチ箱が欲しいんだけれど、ありますかねえ」

「割り箸はあるけど、マッチ箱はないなあ」

「やっぱりそうか。今どきマッチ箱なんてあるわけないよねえ」

実は、五郎は便を採取しようと思ったのだ。五郎が小学生のとき、年に一度、子供たちは自分の大便をほんの少しマッチ箱に入れ、それに名前を書いた紙を貼（は）って学校に提出したのである。学校はそれを保健所に出して、大便中の寄生虫の有無を調べた。いわゆる「検便（けんべん）」である。

「それじゃ、マッチ箱くらいの容れものと割り箸を持ってきてくれますか？」

牧田厨房長は、店の奥に入るとしばらくして、割り箸とプラスチック製の蓋付きの容器を持って戻ってきた。ネクタイピンか何かが入っていた容器だろう。この時点で牧田厨房長も、五郎が何をしたいのか察知していた。

「俺が出したウンコだから俺が取るよ」

と言うと、便器に屈（かが）み込んで、大便を箸で摘（つま）み取り、容器に移した。牧田厨房長は容器の蓋をしっかりと閉め、さらにビニール袋で幾重にも包んで、五郎に渡した。

翌日、五郎はまず西園路醇一郎に電話して、牧田厨房長の実験台による「五家鬼養湯」の効果を話すと、西園路は声を上げて喜んだ。その後、東都水産大学の浦河誠一に電話し、「五家鬼養湯」が下痢止めに効果があったこと、そして、牧田厨房長が証拠写真を撮るだけでなく、試料として大便を採取したことを伝えた。すると浦

河は、

「大便を流さないで写真に撮り、しかも採取しておいたとは、素晴らしい。先日、水原君が『五家鬼養湯』から分離・同定した菌群と同じものが今回の大便から検出されれば、あの霊薬の効果を科学的に裏付けることになりますね。早速水原君に連絡しますので、彼がそちらに大便を取りに行ったら渡して下さい。彼もきっと喜ぶと思います」

その日の夕方、東都水産大学の水原平が「粗屋」に大便を取りにやって来た。そのとき、五郎に一通の書類にサインをするように頼み、その足で「レストラン　路」にも行って、牧田厨房長からもサインをもらった。さらに西園路醇一郎のところにも水原助手から返信用の封筒とともに書類が送られた。

その書類というのは、「魚介類の発酵粗に生息する整腸作用を有する微生物の検索及びその効能に関する研究」の共同研究申込書である。共同研究者として名を連ねたのは水原平、浦河誠一、西園路醇一郎、鳥海五郎、牧田雄二の五名である。暫く(しばら)してその共同研究は申請通り東都水産大学によって認可され、さらに研究結果は審査の上、学術雑誌に掲載されるための資格を得たのであった。

研究はその後、水原助手主導で行われた。その結果、牧田厨房長の大便の中には、五郎が醸した「五家鬼養湯」の中に生息していた菌群と全く同じく、*Corynebacterium*（コリネバクテリウム）、*Marinospirillum*（マリノスピリルム）、*Pichia*（ピチア） *farinosa*（ファリノサ）、*Lactobacillus*（ラクトバチルス） *plantarum*（プランタルム）、*Lactobacillus*（ラクトバチルス） *halophilus*（ハロフィルス）、*Micrococcus*（ミクロコッカス） *varians*（バリアンス）、*L. kefir*（ケフィール）、*Streptococcus*（ストレプトコッカス） *faecium*（フェシウム）、*Pediococcus*（ペディオコッカス） *parvulus*（パルバラス）、*Tetragenococcus*（テトラジェノコッカス） *halophilus*（ハロフィルス）、*Zygosaccharomyces*（チゴサッカロマイセス） *rouxii*（ルキシ）

などの整腸性を有する菌の存在が確認されたのである。

研究成果は、五人の連名で大日本水産学会の機関誌である『大日本水産学会集報第八十三巻』に掲載されたのであった。

なお、この論文によってその後、下痢止めや整腸剤のような薬が開発されたか、ということだが、それはそう簡単にはいかない。薬として完成し、社会に出るまでにはその効果、副作用の有無など多くの項目について動物実験やさまざまな治験を行い、その結果を国に報告して厳重な審査を受けなければならないからである。少なくとも何年か、場合によっては十年もかけてデータをとり、審査をパスしてはじめて薬として販売される。

大切なのは、このように学術誌に論文が掲載されたこと自体が社会に貢献することになるということである。それは、この論文の内容が他の研究者への重要な情報となったり、新薬の開発につながる有力な知識を示唆（しさ）することになるからである。そのため鳥海五郎が醸し、水原平が分離・同定した整腸菌群は東都水産大学水産学部に保存されていて、いつでも社会のために役立つ日を待っているのである。

第五章　オッペケペッペケペー節

「粗屋（あらや）」はその後も連日満席の状況で、予約は数ヶ月先まで埋っていた。そんなある日の昼のこと、「株式会社　五つの風」の常務、と言っても事実上会社を切り盛りしている美山唄子が、珍しく神妙な顔つきで「粗屋」にやって来た。

「突然伺ってすみません。鳥海さんの意見というのか、アドバイスを頂きたくて……」

元気のない唄子の様子に五郎はちょっと心配顔になり、

「ああいいですよ。どんなご相談で？」

と応じた。

「実はですね、会社の運営にちょっと妨害が入っているのです。二、三ヶ月ぐらい前からなんですけど……」

「妨害？」

「会社が軌道に乗って大きくなっていくのを妬む連中がいて、いろいろと言い掛かりをつけてくるんですよ」

「どんな言い掛かりを？」

「以前から、築地市場から只で持っていった粗で儲けやがって、とか悪口を言われていたんですけど、最近になって実際に嫌がらせをされるようになったんです。というのは、粗を提供してくれている仲卸業者や鮮魚卸売業者の店に行って『五つの風』の奴らは儲けた金の分配をめぐって揉めてるらしいぞとあらぬ噂を流して、そんな連中に粗を出すぐらいならこっちに回せって強引に言ってきてるそうなんですよ」

「それはてんでおかしな話だね。だって粗は廃棄物扱いだから、これまで仲卸業者たちは金を払って、産業廃棄物処理業者に持って行ってもらっていたものを、『五つの風』は只で引き受けるってことで始まったんじゃないですか。築地市場も仲卸業者もみんな大喜びだったのにねえ」

「そうなんですよ。粗を有効利用できて、環境も整って、さらには美味しくて安心安全な野菜や果物、穀物が収穫できるっていう、いいことずくめの話なのに。でも事業が大きくなると、それを妬んで潰しにかかる人たちがいる。ほんとうに困ってしまいます」

「一体誰なんですか。そんな理不尽なことを言ってくるのは？」

「それはですね、『五つの風』が発足するときに株主として参加しなかった四社の処理業者のうちの三社なんです。中心は『臨海環境総合合資会社』の社長。この三社は、これまでどおり粗を埋め立て地に運んで処理代を貰っているのにですよ、うちの会社が出来て、自分たちの取り分が減ってしまったから、恨んでいるんです」

「ああ、そういうことですか。実は、そのことについては私もずっと気になっていたんですよ。『五つの風』が堆肥の原料である粗を只でもらっていることについてね。金額は別にして、粗の代金はきちんと払ったほうが、事業形態としてすっきりするんじゃないかと思っていたんですよ。例えば、一トン一〇〇〇円とかでね」

「なるほど！　粗代を払っていれば、誰も文句はつけられないってことですね」

「そのとおり。私の店を見てもわかるように、粗は大切な魚の一部であり、正身にも負けないほどの料理素材なのです。それを平気で捨てるなんて、勿体ないどころか魚にとっても浮かばれないことになる。だから私は粗を只でいただくことはせず、正身と同じ値段で分けてもらっているのです。堆肥の原料にする鮮度の落ちた粗でも、さまざまな魚が混じった粗でも、粗に変わりがないのですから、御代を払っていただくべきではないでしょうか。そして、いずれその粗が肥沃な土になって、美味しく健康にいい野菜や穀物に生まれ変わるのですから、命から命を伝える長い鎖のようなものなんです」

「そうかもしれませんね。鳥海さんに相談して本当によかった。なんだかもやもやがすっきり晴れました。粗の代金について、来月開かれる役員会に諮(はか)らせてもらいます」

そう言うと、唄子は来たときとは打って変わってにこやかに、得意のシャンソンを口ずさみながら帰って行った。

翌月の「株式会社　五つの風」の役員会で、唄子の提案が協議され、全会一致で築地市場に粗の代金を支払うことが決まった。市場側は、今までどおり只で構わないと言ってきたが、唄子は、会社の決定だからと半ば強引に話をつけ、結局粗一トンにつき一五〇〇円支払うことになった。

五郎のアドバイスによって、粗の原料買い取り方式が実行されると、嫌がらせをしていた廃棄業者も文句のつけようがなくなり、彼らが吹聴(ふいちょう)していた噂もそのうちに消えてしまった。

その一方で、築地市場を監督する東京都の担当者が、三社の代表格である「臨海環境総合合資会社」の社長に会って、「五つの風」に出資している十一社に加わってはどうかと勧めた。すると社長は、行政からの話だから仕方がないか、などと言いわけしながらも、内心は待ってましたとばかりに二つ返事で承知したのである。それ以後、処理業者の十四社が「五つの風」に出資することになった。都の担当者に陰で働きかけたのが唄子であったことは言うまでもない。

「五つの風」に対する嫌がらせ問題がひと段落したころ、月に一度「粗屋」で新内節を披露している鶴賀律太夫から、五郎宛に寄席の招待状が届いた。封筒には、三つ折りにされたチラシが入っていて、次のような演目が刷られていた。

『第十六回 浅草木馬座演芸会――夢とノスタルジーと笑いの空間
第一部 浅草ホットキングスの「へんてこりんコメディー」
第二部 おかしなトリオ ロス・ベサメムーチョスの漫談笑
第三部 猫屋江戸一の声帯模写
第四部 鶴賀律太夫の「現代流オッペケペッペケペー節 粗のパロディー」』

新内節の家元たる律太夫がオッペケペッペケペー節なる珍奇な出し物を演じること を知っても、五郎はそう驚かなかった。律太夫が新内節だけでなく、都都逸や常磐津などの江戸唄もやり、さらに太鼓持ちともいわれる幇間芸までこなす芸達者であるのを知っていたからである。律太夫の出し物には「粗」が入っているから、おそらく

「粗屋」で仕込んだネタが演じられるのに違いないと思った。幸い日取りは一ヶ月後の日曜日である。

当日は、近年の寄席ブームもあり日曜日でもあったため、満員であった。演目の幕(まく)間(あい)には、袋に「大入」と朱印が押され、中に五円玉が一枚入った、いわゆる「大入袋」が客席に向って撒(ま)かれたほどである。

そしていよいよ、この日のトリとして鶴賀律太夫が登場した。いつものように粋(いき)な着流しに艶(あで)やかな帯をぐっと締め、白足袋に雪駄(せった)を履き、左手に三味線、右手に撥(ばち)を持っている。新内節のときの、切なく哀愁を帯びた顔つきではなく、にこやかに舞台の中央に立つと、まず「えっへん」と咳払(せきばら)いをひとつしてから話し出した。

「いやはや皆様、今日はお忙しい中、木馬座までお運び下さいまして誠にありがたく、御礼を申し上げます。さて、わたくしは新内節を生業(なりわい)にしております鶴賀律太夫と申します。新内節と申しましても、今の方はご存じないかもしれませんが、浄瑠璃(じょうるり)の一種でございまして、その昔、花街(はなまち)で新内流しの声と三味(しゃみ)の音(ね)を聞くと、切ない恋に泣く女は、さらに心を締めつけられて心中したくなるとまで言われておりました。

ちょっとそこのお客さん、新内節って知ってましたあ？　なに？　そんなのしんないなんていっちゃって、このお～。

さて、本日は新内節でしっぽりではなく、その昔、大流行いたしましたオッペケペー節を現代風にアレンジしてギャグなぞを織り交ぜまして、日頃の憂さを晴らしていただこうという趣向でございます。名づけてオッペケペッぺケペー節と申します。

その題材は意外なもの、魚の粗とさせていただきました。魚の粗と申しますと、血や内臓、鰭、骨、皮などでございます。気持ち悪い、生臭いなどと敬遠されまして、今ではもう捨てるのは当り前になっておりますが、昔は違いました。もったいないのは勿論でございますが、出汁が出る、さらには精がつくといって、とことん食べたものでございます。

実は今、築地の近くに『粗屋』という名の料理屋がございます。魚の粗以外の料理は出さないということで話題になっておりますが、それがまた美味いとなりますと繁盛しないわけがございません。

何を隠そうこのわたくしめも、常連客のひとりでございますが、通いつめているうちに粗の心が少しずつ読めるようになりました。粗に心なんてあるものかとおっしゃる方もおられましょうが、粗の気持ちになって粗料理をじっくりとしゃぶっておりますと、そのうちに粗が語りかけてくるのでございます。『骨まで愛して……』ってね。

さて、オッペケペー節でございますが、明治時代の中ごろ川上音二郎という人が浮世亭○○と名乗って京都の新京極の寄席に出演し、奇妙な節回しで時世を風刺した唄を披露したといわれております。例えば、〽権利幸福嫌いな人に自由湯をば飲ましたい〜オッペケペ、オッペケペッポー、ペッポッポー、などと愉快痛快に唄ったのでございます。

さてさて前口上はこれくらいにいたしまして、このオッペケペー節を新しくつくり変えましたる、題して『現代流オッペケペッペケペー節　粗のパロディー』をご披露申し上げます」

こう述べると、三味線を二上りに調弦した上調子で弾きはじめ、実に珍奇なオッペケペッペケペー節を唄い始めた。

〽オッペケペッペケペー　夜の秘め事思うにならぬ　オッペケペッペケペー
それなら粗汁啜るがよろし〜　朝の一杯夜三回　オッペケペッペケペー
〽オッペケペッペケペー　大学受験も思うにならぬ　オッペケペッペケペー
それなら粗を食うがよい〜　粗も頭も使いよう　オッペケペッペケペー
〽オッペケペッペケペー　小説書けぬと作家が嘆く　オッペケペッペケペー
それなら粗を食うがよい〜　粗はペンより強いもの〜　オッペケペッペケペー
〽オッペケペッペケペー　不良徒な坊主が唱えてる〜　オッペケペッペケペー

粗即是喰　喰即是粗　オッペケペッペケペー
〽オッペケペッペケペー　大飯喰いに物申す　オッペケペッペケペー
粗八分目に医者いらず〜　オッペケペッペケペー
〽オッペケペッペケペー　地球であちこち戦争状態〜　オッペケペッペケペー
それなら粗を食うがよい〜　粗食って人類は皆兄弟〜い　オッペケペッペケペー
〽オッペケペッペケペー　国民の医療費上るは底知らず〜う　オッペケペッペケペー
それなら粗汁啜るべし〜　粗汁万病の益薬だ〜　オッペケペッペケペー
〽オッペケペッペケペー　魚類学者が亡くなったあ〜　オッペケペッペケペー
魚は死して粗残し　人は死して名を残す〜う　オッペケペッペケペー
〽オッペケペッペケペー　戦場の歩兵隊員夢を見た〜あ　オッペケペッペケペー
粗の晩飯後三里〜い　オッペケペッペケペー
〽オッペケペッペケペー　他人の欠点探す奴〜　オッペケペッペケペー
粗など探さず粗啜れ〜　オッペケペッペケペー
〽オッペケペッペケペー　浮気止まらぬ旦那様〜　オッペケペッペケペー
それなら粗を食べさせろ〜　女の味より粗の味〜い　オッペケペッペケペー
〽オッペケペッペケペー　食欲の秋がやって来たあ〜　オッペケペッペケペー

天高く粗汁啜る候〜　オッペケペッペケペー
〽オッペケペッペケペー　肉食ばかりで成人病　オッペケペッペケペー
肉食って粗捨てる馬鹿〜あ　オッペケペッペケペー
〽オッペケペッペケペー　粗が鍋(なべ)から物申す〜う　オッペケペッペケペー
身を捨ててこそ浮かぶ粗もあれ鍋のごった煮〜い　オッペケペッペケペー

律太夫は次から次にオッペケペッペケペー節を唄い続けていく。滔々(とうとう)としたその流れに乗るように、満員の客席から笑いと讃辞(さんじ)が大きく渦巻いていく。律太夫は粗屋を賞讃するオッペケペッペケペー節にのせて、すぐに物を捨ててしまう今の日本の風潮を皮肉っているように見える。

鶴賀律太夫はオッペケペッペケペー節を十分近く唄い上げると、一呼吸おいて静かに言った。

「粗を題材にいたしましたオッペケペッペケペー節はいかがでございましたでしょう？」

すると客席から、どっと拍手が沸き起こった。そして、浅草の木馬座では耳慣れない「ブラボー！」という讃辞の大声まで轟(とどろ)いたのである。

「ありがとうございます。ではここで、せっかくの機会でございますので、わたくしめの本丸でございます新内節を流し風にご披露させていただきます」

　間髪いれず、客席から「待ってました」の掛け声がかかると、律太夫は低頭し、十八番の「蘭蝶」を静かに唄い出した。

〽いまさらいうも古いけど、四谷ではじめて逢うたとき……

　声を細めて切なく唄う律太夫の声調は、ぞっとするほど艶めかしい。三味線の音色は声に応じて切なく、かと思えば節尻は、ぐっとしゃくるように急激に短く上下させ、チョンと振り切る。律太夫は高い甲の声と低い呂の声を複雑に絡めて節をつくり、身をよじるような悲愁、哀痛の情がほとばしる。直前までオッペケペッペケペー節を陽気に演じていたのと同じ人物だとは到底思えない。

　夕方五時、口演は大成功のうちに終った。五郎は頃合いをみて楽屋を訪ね、律太夫を飲みに誘った。二人は足の向くまま、六区にある鮨屋に入った。カウンターにテーブル席が二つという気軽な店である。

「師匠、いやはや、すばらしい高座でしたよ。オッペケペッペケペー節の初披露、おめでとうございます。まあ一杯行きましょう」

　五郎は律太夫の盃に熱燗の酒を注いだ。律太夫はおっとっとっとと言いながら、盃を尖らせた口に近づけると、

「それじゃ遠慮なく」

と言って、きゅーと啜るようにして飲んだ。

「いやーあ、熱燗は効きますなあ。五臓六腑に沁み渡るとはよく言ったもので、鳩尾の辺りがジジーンと熱くなりましたよ」

「それにしても師匠、今日のオッペケペッペケペー節は、粗の特徴や実用性を日常の出来事に巧みに唄い込んでいましたね。感動しましたよ」

「いやね、五郎さん。お店に何度もお邪魔して、魚の粗をみごとに料理する様子を拝見するうちに、粗を題材に世相を斬ったら面白いものができそうだと思ったんですよ」

差しつ差されつしているうちに、注文していた刺身の盛り合せがきた。二人前なので中皿であったが、やや黒ずんだ鮪、ぺなんとした魬、食紅で真っ赤に染められた蛸ブツ、ぐったりとした烏賊、身の崩れかけた鰶の酢〆、の五点が盛りつけられている。一応箸をつけてはみたものの、見た目どおりの味であったので、二人はそれとなく目を見合せ薄く笑った。だが、食べ残してしまっては魚に申しわけないと思っている二人は、ひと切れも残さず平らげた。

盃を傾けながら、五郎が何気なく木札に書かれた品書きを見ると、その中に「自家製イカの塩辛」と「ハマチの粗煮」があった。五郎は早速店員に声をかけ、その二品と、徳利を二本追加した。酒と肴(さかな)はすぐに運ばれてきた。五郎は何も言わずにまず塩辛に箸をつけ、じっくりと味わってから口を開いた。

「これはよく出来ている。びっくりするほど美味い。化学調味料も一切加えてないですね。ねっとりする感触、口に含んですぐに鼻に抜けてくる熟成したやわらかい発酵香(か)、塩熟(な)れした丸みのあるうま味。いずれをとってもなかなかのものだと思いますが、師匠はどうですか」

「ええ、私も驚きました。あんな刺身を出す店の自家製とは到底考えられない出来栄えですね。やっぱり粗の底力ですかな」

「そうですね。生の魚にはできない発酵と、塩角(しおかど)の取れた熟れの為(な)せる技でしょう」

次に二人は、粗煮に箸をつけ、こちらもじっくりと吟味していたが、五郎が静かに言い出した。

「この粗煮も実によく出来ている。さっきの刺身の魬から出た骨や頭、鰭を使っているのでしょうが、刺身にあった生臭さが全くなく、なかなかのものです。おそらく市場から買ってきた魬は新鮮だったんでしょう。それをおろして柵(さく)と粗にした。粗は邪魔なのですぐに酒と醤油と砂糖で甘塩(あまじょ)っぱく煮付けてしまった。すると粗は新鮮なままの状態で煮汁に閉じ込められるから、それを冷蔵庫に入れておけば、客にそのままの状態で出すことができる。一方、ネタケースに収められた柵は、お客さんがあまり来ないと見えて鮮度がどんどん落ちていく。まあそんなところですね」
「さすが、五郎さんですねえ。明快な謎解き(なぞと)をありがとうございます。正に、身を捨ててこそ浮かぶ粗もあれ鍋のごった煮、ですなあ」

二人はその夜、鮨屋に小一時間ほどいて別れたが、オッペケペッペケペー節は、後日、思わぬ展開を見せた。律太夫の口演を聞いた八十二歳の老人が、某大新聞の投書欄にオッペケペッペケペー節についての感想を投稿したのである。

「アラを讃じたオッペケペッペケペー節に共感

無職　藤岡　為之助　82
（東京都葛飾区）

私は先日、東京浅草にある木馬座でオッペケペッペケペー節なる奇妙な口演を聞いた。演者は新内節で知られる鶴賀律太夫。オッペケペッペケペー節は新内節ではなく、昔浅草でも流行したオッペケペー節を巧妙かつ複雑化した節回しとセリフで彼自身が創作した風刺唄(うた)である。当日の出し物は魚のアラ（骨や頭、内臓など捨てる部分）を題材にしたものだったが、それがすこぶる面白く、しかも内容が濃かったので、久しぶりに寄席の楽しさを味わった次第だ。今では誰もがゴミだ、邪魔だ、汚いなどといって捨ててしまう魚のアラだが、このオッペケペッペケペー節は、そのアラを捨ててしまう人間の愚かさを実に巧みに風刺し唄い込んでいて、痛快そのものであった。これからのオッペケペッペケペー節の発展を大いに期待する」

新聞に投書が載った翌日、早くも木馬座を通して鶴賀律太夫にテレビ局のプロデューサーから出演依頼が入った。お笑い番組でオッペケペッペケペー節を披露してほしいというのである。プロデューサーの依頼は、木馬座の口演と同じ出し物「現代流オッペケペッペケペー節　粗のパロディー」で、出演時間は十三分だという。律太夫は喜んで引き受けた。

番組の放送直後から、局にはたくさんの問合せの電話が入った。その大半が、オッペケペッペケペー節の話に出てきた粗料理専門店名を教えてほしいというものであった。五郎は、「粗屋」がこれほど話題になるとは思ってもみなかったので、翌日から予約の調整に大童（おおわらわ）になった。

オッペケペッペケペー節をきっかけにしてやってきた客たちの粗料理に対する評価は、いずれも上々であった。客たちは、「ああこれは鰭だ、中骨だ、心臓だ」などと粗の部位を当て合って楽しんでいる。中には、「この汁の中骨は鯒（こち）だな」と言い当てる客もいる。これには五郎も驚き、「近ごろは素人でも魚や粗に精通している人がいる。隙のない仕事をしないと、恥をかくことになるぞ」と気を引き締めるのであった。

新しい料理も次々に出したが、中でも好評だったのが「鮭の粗どぶろく鍋」と「鮫の腸料理二品」である。前者は何人かで食べられるから割安でもある。

塩引き鮭の頭だけを五～六個、一晩水に浸して塩を抜き、それを大鍋で半日ほど煮る。このとき頭の形を崩さないように気をつけて、じっくりと煮る。すると頭の骨は中まで柔らかくなり、全てが食べられるようになる。次に土鍋に半分ほど大鍋の煮汁を入れ、さらにそこに濁り酒を加える。鍋の汁は、白く濁る。そこに、鮭の頭を一個、口を上向きにして入れ、あらかじめ小口切りにしてから湯煮しておいたニンジン、ジャガ芋、ゴボウを加え、さらに絹ごし豆腐一丁を潰して加え、最後に塩と少しの味醂で味をととのえて出来上りである。

真っ白の汁にニンジンの赤が美しく、また鮭の頭から出た濃厚な出汁で煮られたニンジンやジャガ芋の美味しいこと。さらに、鮭の目玉周辺や皮に付いているゼラチン質から出るコクが絶妙で、その上、軟骨の氷頭もコリコリとした歯応えで快い。汁は出汁のうま味と、脂肪のペナペナとしたコクとが一体となって、舌を躍らせるのである。普通の鍋より使う酒の量が多いので、体もより温まるため、女性客にも喜ばれた。

「鮫の腸料理二品」は、築地の市場に毎日のように水揚げされる、体長一・五〜二メートルのホシザメの腸を用いた料理である。

まず一品目。新鮮な腸を包丁で裂き開き、表と裏を束子でよく擦って汚れやぬめりをすっかり落とし、さらに丁寧に水洗いする。次にたっぷりの湯で十分に茹でてから小さく切り分け、それを竹串に三〜四片ぐらい刺し、甘酢味噌だれを塗る。これは田楽のような食べ方だが、竹串に刺さず、小碗の中に何片か入れてから甘酢味噌だれをドロリと掛け、饅づくりとしても出す。腸のシコシコとした特有の歯応えと、噛めば噛むほど微かな甘みとうま味とが出てきて、病み付きになる客も少なくない。

次に二品目。茹でたその鮫の腸を素麺状に縦に細く繊切りしてから、薄く輪切りした胡瓜と混ぜ、それを甘酢で和えたものだ。腸のシコシコ、胡瓜のシャリシャリというコントラストのある歯応えと、鼻に抜けてくる胡瓜の爽やかな香りがとてもよい。

店はこうしてますます繁盛していたが、そんなある日の昼下がり、山路桂一が突然店にやってきた。久しぶりの来店であるが、持病が悪化したのか、杖を突く足許がおぼつかなく、なんだか急に老け込んでしまった様子である。そんな体を押してまで「粗屋」にやって来た理由が、察しのいい五郎には想像できた。

テーブルについた山路が静かに切り出したのは、五郎の予想通り、「レストラン路」の閉店の話であった。このところ赤字つづきで改善の見通しも立たないので、年内で店を閉め、土地と建物を売ってきれいさっぱり清算したい、というのである。問題は従業員のことで、五郎には、牧田厨房長と、「粗屋」に出向している二人の処遇について相談に乗ってほしいというのである。

話を聞いた五郎は居住まいを正すと、

「お話はよくわかりました。これまで何から何までお世話になりましたのに、そのご恩を返す機会もなく気になっておりました。話は早い方がいいと思いますので、早速ですが、中田さんと高橋君は、このまま私の店で雇わせていただきます。ついでと言うのもなんなのですが、牧田厨房長もご本人がよろしければ、私の店で働いていただきたいと思います。彼はこの上ない好人物ですから、一緒にやってくれたら本当に助かります」

と言った。山路は、五郎の言葉のひとつひとつにうなずきながら、恐縮するように聞き入っていた。

すっかり話が終わると、中田幹夫と高橋岩男を呼び、ことの経緯と今後のことについて山路から話をした。二人は畏まって聞いていたが、中田が、

「わかりました。これからは『粗屋』の正式な従業員としてもっとがんばりますので、

五郎さん、何とぞよろしくお願いします。また、山路の社長さんにはこれまで大変お世話になりました。本当にありがとうございました」

と言うと、脇で岩男も同じように深く頭を下げた。

五郎は二人に「これからもよろしく」と声をかけ、これまでと同様、名前で呼んでくれるようにと念を押した。

そのあと五郎は、「レストラン　路」に電話して牧田厨房長を「粗屋」に呼んだ。牧田はものの五分もしないうちに現われたが、社長が目の前にいるので、何事かとびっくりした様子である。山路が事情を説明し、その上で中田幹夫と高橋岩男は「粗屋」の正式な従業員になること、さらに五郎が牧田厨房長も引き受けたい、と言ってくれていることを話した。

牧田は厨房長として「レストラン　路」の経営状態についてもよくわかっていたから、店を閉めることになるかもしれない、とある程度覚悟はしていたが、いざ現実のこととして話を聞いているうちに嗚咽(おえつ)を漏らしはじめた。無理もない。彼が「レストラン　路」に勤めて、もう三十年近く経(た)っている。人生の半分をこの店で過ごしてきたのだ。

「店を畳むのは本当に残念ですが、社長がよくよくお考えになって決められたことはよくわかります。私の力不足でこんなことになってしまって、何とお詫びしてよいやら……。ほんとうに申しわけございません」

「いやいや牧田君、あなたは実によくがんばってくれた。多くの人に美味しい洋食を味わってもらってきた。そのおかげで私はこの下町の洋食屋にとても誇りを持っていました。しかしね、最近はこの近くにも幾つもの洋食屋ができてきて、競争も激しくてね、これから先どうしていこうかと考えていた矢先、おそらく世界中に一軒しかないだろう『粗屋』の話があったときにゃ、渡りに船というか、これだ、と思いましたね。あなたの所為なんかじゃありませんよ」

と山路はしみじみと語った。

「これまで人並みに生活してこられたのは、ひとえに社長のおかげです。どうか私のことは心配なさらないで下さい。とはいっても私も六十近いですから、これから職探しをするのは正直しんどいです。ありがたいことに、五郎さんが『粗屋』に来いと言ってくれているそうですから、少しでも五郎さんのお役に立てればと思います。私は、五郎さんと『粗屋』が大好きなんです。昔から、商売には命を懸けろ、と教えられてきました。『粗屋』のために死ぬ気でやれる自信があります。五郎さん、本当にありがとうございます。どんな仕事でもやります。なにとぞよろしくお願いします」

側で牧田雄二の話を聞いていた五郎は、ほっと息をつくと、山路に向かって言った。

「山路さん、これで話は決まりました。牧田厨房長、中田料理人、高橋君の三人は私が責任をもって引き受けさせていただきますので、どうぞご安心下さい。お体を大切になさって、これからも時々店にきて、三人の仕事ぶりを見てやって下さい」

「五郎さん、何から何まで本当にありがとう。おんぶにだっこ、というか、みんな五郎さんに背負わせてしまって、情けない爺です。土地と建物を売れば、借金は清算できるし、牧田君たちにも、ささやかだが退職金を用意できると思う。実はね、ほら、うちの店によく来る柄沢土地建物の社長さん、あの柄沢さんに相談していたんですよ。柄沢さんもこの土地の人なもんだから、悪いようにはしない、儲けは二の次だと言ってくれています。『粗屋』が入っているビルも処分することになるんですが、これまでと同じ条件で借りられるように、私から柄沢さんにくれぐれも頼んでおきます。私ができることは何でもしますよ」

　これまで山路社長は、格安の家賃で五郎に店舗を貸してくれていたのである。

「ありがたいお話です。山路さんのご厚意で中田さんと高橋君に手伝ってもらって、『粗屋』はここまでやってこられました。これからは、牧田さんにも加わってもらって、四人で気持ちを新たに、『粗稼ぎ』させていただきますよ」

と、五郎は頭を掻くのであった。

それから一ヶ月ほどして、「レストラン　路」は閉店した。店の扉には、山路桂一が自ら墨書した挨拶文が貼られた。

「閉店の御挨拶
　皆々様には長く御贔屓いただき、御利用いただきました当店は、この度、経営者高齢のため已む無く閉店することになりました。これまでの御愛顧を厚く御礼申し上げますとともに、突然の閉店にて御迷惑をお掛け致しますことを、衷心よりお詫び申し上げます。

　顧みますれば開店より約三十年、つつがなく続けて参れましたのも、ひとえに皆々様のお引き立ての賜物と感謝致しております。長い間、誠にありがとうございました。

『レストラン　路』山路桂一敬白
〔追伸〕尚、これまで当店の厨房長を務めておりました牧田雄二は、当店より東方へ徒歩五分のところにある粗料理専門店『粗屋』で引き続き仕事を致しておりますので、今後ともお引き立てのほど、宜しくお願い申し上げます」

こうして、牧田厨房長と中田幹夫料理人、そして高橋岩男は正式に「粗屋」の従業員となった。五郎は三人を前に、これからの「粗屋」の運営について、自分の考えを伝えた。牧田は支配人とし、予約を中心とした電話の対応、接客、出納を担当する。中田料理人はこれまでどおり五郎と厨房に入る。岩男もこれまでどおり、粗の調達係として築地中央卸売市場および銀座、新橋、築地、日本橋界隈の鮨屋を回り、新鮮な粗を集める役となった。

「粗屋」は新しく四人体制で滑り出したが、ある日のこと、築地魚市場に仕入れに行っていた岩男から店に電話が入った。牧田支配人が出ると、かなり興奮した様子で五郎さんを呼んで下さい、と言う。厨房で出汁を取っていた五郎は仕事を中田料理人にまかせ、急いで受話器をとった。

「ああ、五郎だけど。どうしたんだい、岩男君」

「あの、今、特種物卸売場にいるんですが、一五〇キロぐらいの翻車魚があるんですよ。もう解体されているんですが、今日は買い手が付かなかったので、欲しい人は勝手に切り分けて持って行っていい、とニッタンの従業員が言ってます。どうしますか？　胃袋や腸もありますよ」

「おおっ、それはいいね。特に胃袋が欲しいな。ニッタンの人に切り分けてもらって、五キロぐらい持ってきてくれ」

「はい」

「それから、只でもらってきては駄目だ。ちゃんと金を払うんだぞ。そうだな、二千円くらいでいいだろう」

「はい。わかりました」

「ニッタン」とは、二次卸し専門の仲買屋の屋号である。

それから三十分ほどして、岩男が自転車を漕いで戻ってきた。荷台には木箱に入った翻車魚の胃袋が載っている。五郎は岩男から箱を受け取ると、厨房に運んで、胃袋を取り出した。厚さは二センチほど、灰白色でゴワゴワしており、内側に襞が寄っている。

五郎は、備忘録の「胃袋料理」の部に「翻車魚の胃のステーキ」をメモしていたが、塩漬けもなかなかの珍味だという情報を仕入れていた。機会があればつくってみたいと思っていたのである。

早速、胃袋を広げ、十等分ぐらいに切り分けると、たっぷりと湯の入った大鍋に入れてさっと茹でた。湯通しした胃袋はぐっと硬く締まり、板状になっている。次に、中田料理人に二〇リットル容量の蓋付きポリバケツを持って来てもらうと、その茹でた身の一枚一枚に塩を塗し、ポリバケツに重ねて漬け込んでいった。全て入れ終えると、一番上に重石をし、蓋をした。あとは毎日、胃袋から滲み出てくる水を掬って捨て、熟成させるのである。

一ヶ月ほど漬け込んだ後、五郎は重石をはずして一枚を取り出し、水に一晩漬けて塩抜きしてから縦に薄く切った。期待に心躍らせながら口にしてみると、コリコリとした歯応えと、塩味に誘われて出てきた微かな甘みがとてもやさしく、驚くほどの妙味が湧き出てきた。さらにマヨネーズをつけて食べてみた。すると相性は抜群で、口の中にうま味がじゅわっと広がった。こうして、酒の肴の絶品がまたひとつ出来上ったのであった。

五郎は、早速その晩から客に出してみることにした。客はその不思議な味や歯応えに夢中になり、デビュー初日から大受けであった。また、これを具にした「翻車魚胃袋の吸いもの」も、大いに喜ばれた。

翻車魚の他にも、岩男は粗の調達係として大いに貢献した。岩男は鰹を専門に扱う、場外の鮮魚商「魚恒」の息子と以前から知り合いだったのであるが、あるとき店の前で呼び止められた。

「高橋君の店って、粗料理を食べさせるとこだったよね。俺んとこで毎日、鰹の腹腸がいっぱい出るんだけど、全部棄てちゃってるんだよ。前々から、勿体ないなあと思ってたんで、腸が塩辛になるってことは知ってたから、一度やってみようと思ってさ。この間、二斗桶があったんで、それに新鮮な腸を一斗ぐらい入れて、そこに塩を二升加えて置いといたんだよ。そしたら三日ぐらいして沸いてきてね、十日もしたら生臭さが全く無くなったんだ。それで、嘗めてみたら、これがすごく美味い」

「へえー、それはすごい。塩辛をつくったんですか。見てみたいなあ」

「ああいいよ、こっちに来なよ」

店の裏に回ると、小さな物置きがあり、その中に蓋をした古ぼけた桶が置いてあった。「魚恒」の息子は蓋をとって、岩男に見せた。

「うわあ、すげえ。ドロドロだ。あれれ、本当に生臭くないんですねえ。ではちょっと味見を……」

と、岩男は「粗屋」の店員らしく振る舞って、人差し指をその塩辛にチョンと付け、それを口に入れてムニャムニャした。

「ああっ、本当にすごいうま味が出てる」

「だろう。それでさ、相談なんだけど、これ、何かに使えないかなあ」

「何かっていわれてもなぁ……。そうだ！　うちの五郎さんに、いい使い途がないか聞いてみますよ。コップに一杯ぐらいでいいんで、ビニール袋に入れてくれますか？」

岩男がその塩辛を持ち帰って、ことの次第を話すと、五郎は身を乗り出して、

「どれどれ、見せてみろ」

と、ビニール袋の中の塩辛をまず鼻先に持って行って匂(にお)いを嗅(か)いでから、人差し指に付けて嘗めた。ほんの少しの間吟味してから、

「これはいけるな。よし、岩男君、その塩辛を全部引き取ってきてくれないか。塩代も入れて、三千円でどうかって聞いてみてくれ。いやね、前々から塩辛を大量に使ってつくってみたいものがあったんだよ。この塩辛なら、それができるんじゃないかと思うんだ」

岩男は、いつも使っている荷役専用自転車の荷台に、二〇リットル容量の蓋付きポリバケツを固定して「魚恒」に向かった。着くとすぐに息子に塩辛を売ってくれと話した。

「も、もう、使い途があったの。さすがは『粗屋』さんだなあ。で、どれぐらい持っていく？」

「全部！」

「ええっ、全部！　一体何に使うんだい？」

「いや、俺もよくわからないんですけど、五郎さんが味を見て、こりゃいける、全部

買って来いって言うもんで。三千円で売ってくれますか」

「突然そう言われてもなぁ……。腸は捨てるものだから値段は付けられないし、塩代と手間賃で二千円ぐらいもらっておこうかな」

「いや、五郎さんが三千円で貰って来いって言ってましたから、そうしてくれますか」

「そう……。それじゃそういうことにしてもらおうかな。これからもね、言ってくれれば、いつでもつくってやるよ」

岩男が大量の塩辛を「粗屋」まで運んで帰ると、すでに五郎はスタンバイしていた。用意していたのは鋳鉄の立派な重石と、鰹節や昆布で出汁をとるときに使う、大きめの木綿製の濾し袋三枚、二〇リットル容量のポリバケツ一つである。重石は「粗屋」の開店祝いに、「一式屋」の山野井弘社長が持ってきてくれたもので、五郎は大切に使っていた。

五郎は岩男に手伝わせて、塩辛を杓子で掬い取ってはポリバケツの中に置いた木綿袋に入れていく。袋に半分ほど入れると、上部を凧糸でしっかりと結び、ポリバケツの底に横たえる。他の二枚の木綿袋も同様にしてそっと重ねる。その上に落とし蓋のようにステンレス製の蓋をピタリとのせ、蓋の中心部に重石を置いた。

「これでよしと。四〜五日もすれば、塩辛はすっかり濾されて液体と滓に分かれる。岩男君、よく見ておきなよ」

四日後の朝、五郎と牧田支配人、中田料理人、岩男の「粗屋」のスタッフ全員が揃って、ポリバケツを取り囲んでいた。まず重石を外し、ステンレスの蓋をとると、ペシャンコになった木綿袋の周りに、やや赤みを帯びた黒い液体がかなり溜っていた。それを杓子で汲んで、ジョウゴを付けたガラスの一升瓶に入れていくと、たっぷり二本分集めることができた。

五郎はニヤリとしながら、三人に向って言った。

「これが、鰹の塩辛醬油というわけだ。このまま料理に使ってもいいのだけれど、これをもとにして、いろいろつくってみたかったんだよ。このまま使うとしたら、まずは湯で薄めて少しの日本酒と味醂で甘みをととのえてから粗を煮る『塩辛の吸いもの』だ。鰹の濃いうま味が、発酵を経て熟れた丸みのあるものに変化しているから、すばらしい吸いものになるはずだよ。あるいはね、この塩辛醬油を刷毛で鰹や鯛、鰤、鮪などの心臓や腸に塗ってから炭火でこんがりと焼くとね、ものすごく食欲をそそる香ばしい焼き香が付く。普通の醬油を塗って焼くのとでは雲泥の差だよ」

五郎の熱弁はさらに続く。

「この塩辛醬油を使ってね、さらにすばらしいものをつくる。これから挑戦するから、みんなも手伝ってくれ。どんなものかって？　ヒントを言うとね、まず誰もがあっと驚く漬物だ。それと誰も食べたことのない麵料理だよ。じゃあ早速だが、岩男君、八百屋に行って、少し細めの大根を五本ばかり買ってきてくれないか」

自分が手に入れた鰹の塩辛が、思わぬ展開を見せはじめたことに岩男は興奮し、大根を超特急で買ってきた。

「おお早いね、岩男君。そしたら、その大根をよく洗ってな、水気を布巾でよく拭きとって、天日に当てて干して欲しいんだ。紐で縛って物干し竿にぶら下げておけばいいよ。そうだなあ、大体二週間ぐらい干すと、『つの字』か『のの字』になるよ。『への字』ではまだ駄目だ。それからね、雨に当てちゃいけない。雨の日は家の中に吊すこと」

五郎はそう言うと、「への字」「つの字」「のの字」について岩男に教えてやった。干した大根の左右両端を軽く持って、そっと曲げると、大根の形が「へ」、「つ」、「の」の字の形に撓る。「へ」の字ではまだまだ干し足らず、「つ」でももう少し、できれば「の」の字になるまで干しておくように、というのである。五郎は少年時代、祖母の沢庵造りを手伝っていたので、その辺りのコツをよく覚えていたのである。

岩男は、牧田支配人と中田料理人に手伝ってもらい、五郎の指示通り五本の大根を洗って水気を拭き取ってから麻縄で縛り、それを陽当りと風通しのいい場所にぶら下げた。

その日の昼飯には、五郎が、皆の思いもよらないラーメンをつくってくれた。三人が大根干しの作業をしている間に、五郎は店を抜け出し、自転車に乗って築地場外にある食料品店に行き、生麵と焼き豚、メンマ、鳴門巻きを買ってきたのである。

そのラーメンを見た三人は、まずスープのあまりの美しさに息を呑んだ。赤褐色で濁りは全くなく、照り輝いている。スープの中には、黄金色を帯びた縮れの細麵が静かに横たわっていて、その上に、トロリとした焼き豚が二枚、明るい飴色のメンマが三本、そして渦巻きの赤がとりわけ目立つ鳴門巻きが二枚載っている。

スープからは、醬油がやや陳ねたような熟した香りがして、どことなく懐かしい。三人は堪えきれず「それっ！」とばかりに麵を啜り込んだ。その途端に顔を見合せて「美味い！」「最高！」と叫んだ。中でも中田料理人は、丼を両手で持ち、唇を尖らせて、ズズズーと汁を吸いこんで、「うっ、たまらん！」と唸っている。

そのスープには、三人がこれまで味わったことのない独特の味の深さとコクがあり、その上、濃いうま味があるのにもかかわらず、スープを飲みこむやいなや口の中からその味が瞬時に消える、切れ味の鋭さがあった。そのことに一番先に気づいたのは、やはり中田料理人である。

「不思議ですねえ、このスープ。実に深い味なんだけど、飲むと同時に口の中がさっぱりとする。だから、次の麺もまたおいしく食べられる。これはまったく、癖になるスープですね」

　三人がラーメンを啜りながら、しきりに感心しているのを横で見ていた五郎は、

「塩辛醬油を使ったんだよ」

　と、おもむろに言った。岩男は、

「ええっ……。さっき搾ったあれですよね。でもぜんぜん塩辛臭くないっすよ。たまげちゃうなあ」

　と、目を丸くしている。

「種明かしをするとね。塩辛醬油と普通の大豆醬油、それに出汁を等分に混ぜたスープだよ。だから濃いうま味がして、コクもある」

　五郎は、塩辛醬油ラーメンのスープの出来栄えに満足して、得意気に解説した。実は、このスープは、科学的にも美味しい理由があるのだ。鰹のうま味にはイノシン酸が多く含まれ、それが塩辛醬油にたっぷりと入っている。一方、大豆醬油にはグルタ

ミン酸がたっぷりと含まれている。イノシン酸とグルタミン酸が混然一体となると、「味の相乗作用」が起こり、うま味はそれまでの単体のそれよりも数倍強く感じられるのである。そこに出汁のうま味まで加わるのだから、そのうま味の濃さは、鬼が金棒を二本持っているようなものなのである。

三人は、またたくうちに麵と汁を啜り込み、丼はあっという間に底をさらけ出したのである。

それから半月ほど経った昼休み、岩男が五郎に報告した。

「あの五郎さん、干した大根が『のの字』になってきたんですが、そろそろですか」

「おお、『の』になったかい。それじゃ明日にでも食うことにするか」

「干した大根、そのまま食うんですか」

「そんなわけないだろう。まあ明日のお楽しみだ」

翌日の昼前。仕込みや下拵え(したごしら)がひと段落したので、昼飯の準備にとりかかった。

「粗屋」の昼飯は通常、ご飯と味噌汁、おかずは岩男が仕入れのついでに築地場外の魚屋で買ってくる鮪の角切りや蛸ブツ、干物などである。その日は、ご飯、味噌汁、カスベ(鱏(えい))の煮付け、それに昨夜客に準備した粗料理の残り物いろいろであった。

三人がさあ食おうというとき、五郎が、

「支配人、突然で申しわけないが、七輪に炭火を熾(おこ)してくれませんか。それから中田さんは刷毛と網渡(あみわた)しを出して下さい。岩男君は、干している大根を一本取ってきてね」

と言う。腹ぺこだった三人は、一体何をするんだろうと訝(いぶか)りながらも、言われたとおりにした。

準備が整うと、五郎はまず、冷蔵庫に入れておいた塩辛醬油を出してきて、それを萎(しな)びて「の」の字に曲がった大根に刷毛で塗りはじめた。大根は、すっかり水分が抜けて、干される前の半分以下の太さに縮んでいたが、その分、身はしっかりと締まってズシリと重く感じる。次に、塩辛醬油を塗った大根を一センチほどの厚さに切り分け、その切り口の両面にも塩辛醬油を塗ってから、七輪の炭火の上に載せた網渡しに置いて焼きはじめた。

三人は呆気(あっけ)にとられて五郎のやることを眺めている。何せこれまで、干し大根に醬油を塗って焼くなど、見たことも聞いたこともないのだから、驚くのも当然だ。

三人はそこからさらに仰天した。焼いているうちに、辺りにえも言われぬ香ばしい匂いが漂いはじめたのである。香りはさらに強くなり、それにつれて胃袋が締めつけられるような強い食欲が湧き起ってくる。

干し大根の表面が熱で乾き、少し焦げ目が付いたところで、五郎は火から外し、何切れかずつ小皿に盛った。干した大根から、湯気がほんのりと立っている奇妙な図である。

「さてと、この焼き大根だけで飯を食べて、感想を聞かせてくれるかい」

三人は大きく頷くと、大根に箸をのばしてポリポリと齧り、飯を頬張った。すぐさま牧田支配人が、

「こ、これは魚だ、魚の味の大根だあ」

と、声をあげた。続いて中田料理人も、

「まさしく鰹のうま味の付いた大根ですね。それに香ばしさも加わって、これまで食べたことのない大根です。いや、これはきっと、日本中の誰も口にしたことがないんじゃないかなぁ」

と、鼻息が荒い。その間も岩男は、大根を少し齧っては飯を食べ、また齧っては飯を食べを繰り返しているうちに、三杯目をお代りしている。若くて大食漢だとはいえ、焼き大根一切れで三杯もの飯が食べられるとは恐れ入る。

「五郎さん、これ本当に美味いっすね。大根の味だけじゃなくて、魚のうま味が濃いんで、飯がいくらでも食えます」

と、大満足であった。

こうして「塩辛醤油ラーメン」と「塩辛醤油付け焼き大根」は、数日後には「粗屋」の新しいメニューとして登場したのである。

酒を飲んだ後のラーメンは格別だ、とは巷でよく聞く話であるが、「粗屋」でも、この「塩辛醤油ラーメン」を料理の締めに啜っていく客が少なくなかった。

一方、「塩辛醤油付け焼き大根」は、そのまま酒の肴として出すだけでなく、茶漬けとしても出した。初めての客は、普通の沢庵漬けだと思って食べると、それが全く違って魚の風味がするのに驚いて、首を傾げるのが常であった。

その後「塩辛醤油付け焼き大根」には、五郎がさらに改良を加えて、風味の奥深さを増した。切り分けた干し大根を塩辛醤油に一晩漬け込んでから焼くことにしたのである。その一切れを口に入れて噛むと、シコリシコリとした歯応えの中から、鰹の濃いうま味と大根からの微かな甘みとがチュルチュルと湧き出してくる。それを塩辛醤油の熟れた塩味が囃すものだから、その食味は絶妙となるのである。

東都水産大学の浦河誠一は、この大根を食べて大いに感激し、五郎に製法特許を出願するようにすすめた。

「五郎さん、これは必ず特許が取れますよ。誰にも真似されないように、早く出したほうがいい。出願方法は私が教えましょう」

しかし、五郎はちょっと笑みを浮かべながら、

「塩辛醤油の素をつくったのは『魚恒』さんですし、その醤油を大根に塗って焼いて食うだけのことです。特許なんて大袈裟なことはなんだか恥ずかしいし、こういうものは誰がつくってもいいんじゃないかと思います。捨ててしまう粗、顧みられることのない粗が、こういう形で多くの人に楽しんでもらえるのなら、それで充分ですよ」

と、全く欲がない。

鰹の塩辛はその後も「魚恒」につくってもらい、毎月定期的に一斗ほど買うことにしたのであったが、しばらくすると、「魚恒」の息子が「粗屋」にやってきて五郎に相談を持ちかけた。

「鳥海さん、この鰹の塩辛醤油ですけど、うちの店でもつくって売りたいんですが、駄目でしょうか。小瓶に詰めて、場外の食品店に卸してみたいんです」

「そりゃあ、とてもいい考えですよ。塩辛はおたくでつくっているのですから、私の許可なんて必要ありません。ぜひ商品化して下さい。築地の新しい土産物として売り出したら、観光客にもきっと喜ばれますよ」

五郎は「魚恒」の息子に、塩辛を木綿袋に入れて濾す方法などを丁寧に教えてやるのだった。

第六章　身を捨ててこそ浮かぶ粗もあり

築地市場に近いせいだろうか、「粗屋」の近くには野良猫が何匹か住み着いている。中でも精悍な顔つきでがっしりとした体格のオスの黒猫が、日に一度、昼の十二時ごろに決まって「粗屋」の裏の狭い空地を横切っていく。あたかも「猫っ走り商店街」をパトロールしているかのようである。

実は、岩男は大の猫好きであった。その黒猫が裏の空地を通って行くことに気付いてからは、昼休みを楽しみにしていた。そして、その猫に「ブル」という名前を付けた。というのも、黒猫は空地の一箇所に立ち止まると、背を丸め、隣のビルの壁にお尻を向けて噴霧状に尿を吹き掛けるのである。そのマーキングが終ると、ブルブルッと体を震わせてからおもむろに去っていく。その姿が何とも愛らしかったので、「ブル」と名付けたのだ。

あるとき、岩男は市場の乾物屋から紙袋に何個も入れてもらってきた半端ものの鰹節の屑片を空地に置いてみた。いつものように昼過ぎにブルは現われたが、それに気づくと、目にも止まらぬ速さで銜え、マーキングもせずにあっという間に走り去っていった。岩男は、野良猫の機敏さに唖然とするばかりである。

ところが、鰹節の屑片を置きはじめてから二週間ほど経ったころ、ブルが空地に姿を現わさなくなり、それが四日も続いた。心配になった岩男は昼休みの間に、ちょくちょく様子を見に行ったが、ブルがやってくることはなかった。

そして五日目のこと、ようやくブルが姿を見せた。しかし、以前の自信に満ちた威勢のいい歩き方とはまったく違って、左の前脚を少し持ち上げて、ペタコン、ペタコンと歩いている。岩男が置いておいた鰹節のところで立ち止まったが、匂いを嗅ぐ仕草をしながら、しきりに辺りを警戒している。

これはきっと、派手な喧嘩をして前脚をやられたんだなと思ったが、岩男にはどうしようもない。ブルは鰹節の匂いを嗅いだだけで、そこにうずくまってしまった。

こういうときは水をやるのがいいかも知れないと、小皿に水を入れて近づくと、ブルはウーと低い唸り声を上げ、牙を剝き出して威嚇するものの、その場を動こうとしない。すぐに逃げられないほど弱っているのだろう。

午後は鮨屋から粗を仕入れる仕事がある。岩男はブルの様子が気になったが、自転車に跨がって出かけていった。帰ってきて粗を厨房の冷蔵庫にしまい、すぐに空地へ向かったが、ブルはもういなかった。鰹節は手つかずで、どうやら水を飲んだ形跡もない。岩男は鰹節と水を入れた小皿をそのままにしておくことにした。しかし、その後三日経ってもブルが来た様子がないので、鰹節と小皿は片づけることにした。

ところが四日目の昼過ぎ、ブルが再び堂々と空地を横切っていったのである。岩男は小躍りして厨房に戻り、鰹節を持って空地に取って返したが、ブルは行ってしまった後だった。仕方なく、明日に期待して、前と同じ場所に鰹節と水を置いて店に戻った。

翌日、午前の仕入れから戻って、早めに昼食をすませた岩男は空地に行ってみた。いつもよりだいぶ時間が早いので、ブルはまだ来ていないだろうという予想どおり、ちょうどブルがやって来るのに行きあうことができた。もうすっかり傷は癒えたらしく、前と同じように堂々とした足どりで歩いている。そして鰹節を見つけると、目にも止まらぬ速さで銜え、あっという間に走り去っていった。岩男はほっとして午後の仕事に戻ることができたが、それからというもの、空地に置いた鰹節を銜え去るというブルの日課が復活したのである。

ある日、粗を分けてくれる仲卸の店の都合で仕入れが遅くなり、「粗屋」に帰ってくるのが午後一時を過ぎてしまった。もちろん空地に鰹節は置かれていない。ブルはさぞがっかりしているだろうなぁと思いながら空地に行ってみると、何とブルがいつも鰹節を置く場所で前脚を揃えてピンと伸ばし、おすわりをするようにじっとしているではないか。

岩男は大喜びで鰹節を取ってくると、そろりそろりとブルに近寄っていった。ブルは反射的にさっとその場を動いたが、遠くまで行かずに岩男を見つめている。岩男は、鰹節を置くと後ずさりしながら空地を離れた。ブルはしばらく様子を窺っていたが、やがて鰹節に近づくと、その場で食べはじめたのである。それを見た岩男は、「これは餌付けに成功したのかもしれない」と思った。

翌日から、岩男は空地でブルがやってくるのを待ち、ゆっくり近づいていって、ブルのそばに鰹節を置くようにした。すると、ブルは逃げる素振りも見せずにじっとしている。そして二週間後には、岩男のすぐ近くで鰹節を食べるようになった。さらに、「美味いか?」と声をかけると、「ミャー」と鳴くまでになったのである。

そのうちに、ブルの餌は鰹節の屑片から「粗屋」の食材に代わった。野良猫にとって、これ以上のご馳走はないだろう。ブルは岩男の足元に擦り寄るほど懐き、やがて、その狭い空地に長い時間居続けるようになった。日当りもいいし、雨が降ってきたら

「粗屋」の店の廂の下に入ればいい。

　こうして空地に居付くようになってからは、一日一回栄養たっぷりの粗料理の食材を食べられるので、体がひと回り大きくなり、「猫っ走り商店街」に住み着く野良猫たちのボスの風格さえ備わってきた。

　それを証明するようなことが起こった。暖簾を掲げる直前の、厨房が大忙しの夕どきである。中田料理人に言われて、岩男は店の裏手に置いてある「塩辛醤油付け焼き大根」を取りに行った。すると、猫が争う凄まじい唸り声が聞こえてきたのである。驚いて道に出てみると、真っ黒いブルと赤茶色をした虎猫が背中を丸めて毛を逆立て、牙を剥いて威嚇し合っている。一瞬の隙を突いて、ブルが相手の顔面に一発食らわし、体をぶつけるように突進する。赤茶色の猫は慌てて横に飛び退くと、気勢を殺がれてまったく反撃できず、すごすごと尻尾を巻いて逃げ去ったのである。

　五郎は、岩男が黒猫に餌をやっていることに気付いていた。しかし、何も言わなかった。そして、ある日の昼休み。

「あのさ、岩男君が裏で飼っている猫のことなんだけどね。保健所から野良猫対策についてのパンフレットが来ていてね。猫を飼育するにあたっては、東京都の条例を十分に守って適切に管理する必要がある、ということなんだ。これをよく読んでおいてよ。何か問題が起きてからでは遅いからね」

五郎に突然言われた岩男は、あたふたし、

「あっ、はい」

と小さく答えるばかりである。そして、「五郎さんは何でもお見通しだなあ」と感心しきりであった。そのパンフレットには大要、次のようなことが記されていた。

「地域猫（飼い主のいない猫、いわゆる野良猫）対策について。

都内では、飼い主のいない猫（いわゆる野良猫）が繁殖し、近隣住民から苦情が多く寄せられています。しかし一方で、生まれてきてしまった命は大切にすべきという意見も寄せられています。双方に共通するのは不幸な猫（飼い主のいない猫）はいないほうがいい、ということでありますので、都としては、野良猫を駆除するのではなく、屋外での無責任なエサやりを規制し、また不妊去勢手術などを行って、地域住民が飼育管理することで野良猫によるトラブルをなくす方向で進めています……」

五郎はパンフレットを岩男に渡しながら言った。

「岩男君、そこに書いてあるのは野良猫を排除しろというのではなくて、きちんと管理しろ、ということだね。だから、あの黒猫は注意を怠らずに可愛（かわい）がってやればいいってことだ。そこでね、考えてみたんだが、これからは野良ではなくて、岩男君あるいは『粗屋』という飼い主のある身にしてやるっていうのはどうだろう？　よくよく考えてみるとさ、野良猫は粗のような存在なのかもしれないじゃないか。どちらも捨てられる宿命を背負ってしまった、という点でね。まあ、『粗屋』に黒の招き猫がいるっていうのも乙なものかもしれないね」

こうして野良猫ブルは、「粗屋」という、願ってもない飼い主を得て、粗料理の食材を心ゆくまで食べられる幸せをつかんだのである。

四人体制にブルも加わって、「粗屋」は名実ともに「猫っ走り商店街」にふさわしい店となったが、その後もマスコミの取材依頼は続いていて、日曜日の夕方に放送されるテレビの報道番組で、「粗料理繁盛記」という特集が組まれることになった。番組では、開店の経緯、粗の価値、粗の調達法、粗料理の秘訣などが詳しく紹介された。

「粗屋」では毎朝、四人全員で、その日の料理の打合せや予約状況の確認などを行なってから、それぞれが分担している仕事に移る。番組が放送された翌日、築地場内に粗の仕入れに行く岩男が出しなに、

「五郎さん、昨夜のテレビ良かったすよ。ちょっと知的で、少しニシルで、そして何と言っても、一匹狼みたいなところがカッコよかったす」

とからかう。負けじと五郎も、

「何だって、俺が煮汁だって？　岩男君な、それはニヒルって言うんだよ」

とやり返す。牧田支配人と中田料理人は、そんな二人のやりとりを楽しそうに聞いていた。

テレビ番組の反響でますます多忙を極める中でも四人の仕事ぶりは見事に調和のとれたものであったが、しばらく経った日の午後、五郎にとって思ってもみない事件が起きた。午後の粗の仕入れから戻ってきた岩男が厨房に入るなり、

「五郎さん。外で女の人がうろうろしているんですけど、どうみても怪しいんですよ。昼前に魚市場から粗を仕入れてきて店に入るとき、外にいたんですけどね、さっき新橋の『幸鮨』さんとこから戻ってきたときも、入口近くにいたんですよ。まだいるかどうか、ちょっと見てみます」

と言って、戸を小さく開けて外をのぞいた。そしてすぐに、

「い、いますよ。外に」

と、少し心配顔で言った。

「岩男君、そんなに気になるんだったら、何か御用ですかって聞いてみたらいいじゃないか」

と、五郎が言うと、

「そうっすね、んじゃ聞いてきます」

と言いながら出て行った。しばらくして、

「心配して損したなぁ。お客さんでしたよ。昼はお店をやってないんですかって聞かれたから、開店は夕方五時半ですって答えておきました。そうしたら、また来ますから電話番号を教えて下さいっていうんで、教えましたよ」

と、ホッとした様子で報告した。

ほどなくして店の電話が鳴った。牧田支配人がほんの少しの間やりとりしてから、受話器の送話口を手でふさぐと大きな声で、

「五郎さん、電話ですよ」

と呼んだ。五郎は料理の最中だったので、ちょっと煩わしく思いながらも手を止め、

「あいよ、わかった。ちょっと待って」

と言うと、手拭いを使いながら電話に向かった。こういう場合、普通の料理人なら、

「今手が離せないから、かけなおすって伝えて」と言うかもしれないが、五郎はそうではなかった。わざわざ粗料理を食べに来てくれる客への感謝の念は開店以来変わることはなく、お客様第一を心がけてきたのである。

「はい、お待たせ致しました。鳥海ですが」

と穏やかに話しはじめた。ところが、ひと言、ふた言応じた途端、突然顔から血の気が引いた。硬い表情のまま、しばらく無言で相手の言葉をただ聞いていたのだが、やがて小さな声で、

「それじゃ三時に。本願寺の正門を入ると右に親鸞聖人(しんらんしょうにん)の銅像があるからね。その前に行くから。本願寺知ってるでしょう？　ああ、そう、そう。それじゃ三時に」

と言って受話器を置くと、その場でじっとしている。

電話のすぐ近くの椅子(いす)に座って作業をしていた牧田支配人が、

「五郎さん、今の電話、どうかしたんですか？」

と心配そうに聞く。

「い、いや、どうということはないんだ。田舎の知り合いの人がね、東京に出て来たんだと。ちょっとだけ会いたいっていうんで、これから本願寺まで行ってくるよ。えーと今、二時四十分か。すぐに戻るからね」

と言うと、急いで外出用のシャツとズボンに着替え、出て行った。

「粗屋」から築地本願寺までは歩いて十分とかからない。電話をかけてきた相手のことをあれこれ考えているうちに築地本願寺の正門に着いた。五郎は一旦(いったん)そこで立ち止り、呼吸を整えると、心臓が大きく脈打っているのにはじめて気付いた。

そこで、「よし！」とひとこと小さく気合いを入れてから境内に入った。すぐ右に曲って歩いて行くと、五郎が待ち合せ場所に指定した親鸞聖人像がある。

ところが、像の前にはそれらしい人影がない。少し不安になりながら、像の後ろに廻ってみると、そこに女が立っていた。

それは、紛れもなく俊子であった。五郎と同い年だから、もう六十歳になっているが、三十二年前の面影ははっきりと残っている。地味なグレーのスーツ姿で、少し太ったが、白髪はなく、年齢よりも若く見える。

不思議なことに、俊子を見た瞬間に五郎の気持ちは落ち着いて、それまでの動悸も嘘のように収まっていた。しかし、俊子のほうはそうではないらしい。顔面蒼白で、肩を震わせてしゃくりあげている。

「三十二年ぶりだな、俊子」

五郎は、名前を呼び捨てにしていいものかどうか迷いながら、優しく声をかけた。

勝手にアパートを飛び出して一方的に離婚届を送りつけ、書類に判を押して区役所に出せ、などと言って寄こした女だ。五郎は、出て行ったきり一度も連絡をよこさない俊子に、しばらくの間は腹を立てていた。

しかし、仕事一途に過すうちに、その怒りはいつしか薄れ、三十二年が過ぎていた。

その間には、自分にも非があったのかもしれないと反省することもあったし、どこでどうしているのだろうかと思いを巡らすこともあったが、やがて俊子の顔の輪郭もぼやけてきてしまっていたのである。

再会を果たした後もしばらく俊子は嗚咽を繰り返していたが、それでもなんとか顔を上げると、あのときは申しわけなかった、悪かったと、何度も詫びた。やがて、ようやく少し落ち着いたのか、か細い声で、

「ふだんはテレビなんてあまり見ないんですが、この間の日曜日、たまたまテレビをつけたら、五郎さんが出ていてびっくりしました。三十二年も経ってしまったから、見違えるほど貫禄がついていたけれど、すぐに五郎さんだって分かりました。立派にお店を成功させたんですね。

あのときは一方的に離婚届を送りつけたりして、本当にすみませんでした。すれ違いの生活が続いていたでしょう。もうこんな生活は嫌だって飛び出してしまったから、引っ込みがつかなくなってしまったんです。

今さら許して下さいだなんて、勝手すぎることはわかっていますが、あれからもふっと五郎さんはどうしてるだろうって思うことがあったんですよ。私たちももう還暦でしょう。いつどうなるかわからないし、もし五郎さんに会えたら、謝りたいとずっ

と思っていたんです。

そんな矢先に、テレビで五郎さんの消息がわかったものだから、矢も楯もたまらなくなってしまって……。迷惑なことはわかっていたんですが、来てしまいました。本当にごめんなさい」

「いやいや、もう遠い昔のことだ。あのころのことはすっかり忘れちまっていたよ。何とも思ってやしないさ。むしろ俺のほうこそ、あんたの気持ちを考えてやらなかったから、あんなことになっちまったんだって、申しわけなく思っていたんだよ。だから詫びるのはこっちのほうかも知れない。まっ、お互い、元気でやってこられてよかったよ」

「五郎さんがそんなふうに言ってくれるなんて、夢にも思っていませんでした。顔も見たくない、よくも平気で会いに来られるなって、怒鳴られるのを覚悟していたんです」

「夫婦のことはお互い様さ。ま、せっかく会いに来てくれたんだから、こんなところで立ち話もなんだ。喫茶店にでも入ろうか」

「ええ、ありがとうございます。ずっと緊張していたものだから、なんだか急に肩の荷を下ろしたように、力が抜けてしまいました」

二人は本願寺を出て、しばらく東銀座方向に歩き、こぢんまりとした喫茶店に入った。コーヒーを飲んで一息つくと、俊子はおもむろに話しはじめた。

「五郎さんのお店、すごいんですってね。テレビで言ってたけど、築地魚市場一本槍(やり)で通してきた五郎さんならではの思いつきだって……」

「いやいや。築地で鮪捌(まぐろさば)いていたときからね、いずれは、粗専門の料理屋をやろうって考えてたんだ。そのための準備もしてきて、おかげで今では軌道にのって、とても順調に行ってるよ」

「よかった。さすがは五郎さんね」

「ところで、あんたは、あれからどうしていたんだい」

「ええ……。あのまま浅草橋の莫大小(メリヤス)問屋で十年ぐらい働いていたんですけど、そのうち会社が倒産してしまって。その後、職安で紹介してもらったのが区立の学校給食センターの仕事です。料理をつくるのではなくて、下準備をしたり、食器を洗ったりしていました。正社員じゃなくてパート契約だったんですが、五年ほどで、給食センターが移転するのを機に契約を切られてしまいました。

悪いことは重なるもので、そのころ、茨城の実家の母が倒れてしまって。その二年前に父は亡(な)くなっていましたし、兄は北海道の苫小牧(とまこまい)で小さな運送屋をやっていて、母はひとり暮らしだったんです。自分はまだまだ大丈夫だからって言っていたのに……。でも、不幸中の幸いですね。倒れたのはお隣の奥さんが一緒にいたときで、すぐに救急車を呼んでくれて助かりました。病名は狭心症。しばらく入院していたんですけど、症状も安定したというので、退院しました。母をひとりにしておくわけにはいかないでしょう、東京で仕事もないし、実家に戻りました。

四年ほど一緒に暮らしたんですが、今度は心筋梗塞（こうそく）を起こしてしまって……。母がいなくなってしまったら、茨城にひとりでいてもしかたがないし、兄とも相談して実家の土地と建物を処分して、また東京に戻ってきたんです。

ちょうどそのころ、小伝馬町（こでんまちょう）に大きなスーパーマーケットができて、そこのレジ係に採用されました。十年働いたんですけど、リストラされてしまって、今は介護関係の会社で働いてます。もう、こっちがそろそろ高齢者の仲間入りなのに、不思議な気もするけれど、元気で働けるうちは、頑張らないとって、思ってます」

「そう、いろいろ大変だったんだね。ご主人や子供さんはいないの？」

「ええ、いません。あれからずっとひとり。性分なのかしら、ひとりでいるほうが気楽なんです。世間から見れば、さみしい女ってことになるのかもしれないけれど、これからも、この生き方を変えるつもりはありません。誰にも邪魔されず、誰にも迷惑を掛けずに生きていくつもりです」

五郎は、心のうちで、あいかわらずだなぁと思ったが、言葉には出さず、

「そうかい。あんたはほんとに強いね。でもね、これから先、何があるかわからない。誰にも頼らない、なんて決めつけないで、こうして再会したのも縁あってのことだろうから、何かあったら『粗屋』に連絡してくればいい。夫婦別れしたからって、困ったときは相身互いさ」

「ありがとうございます。今日は思いきって五郎さんを訪ねて本当によかったわ」

そう言うと、俊子はほっとしたように初めて笑顔を見せた。

「どうだい、せっかくだから、店の粗料理を食べていかないか」

「とんでもない。突然押しかけてきて、その上、お料理までいただくなんて、いくらなんでもそんなことできません」

「いや、遠慮は抜きだよ。俺は自慢の粗料理をあんたに食べてもらいたいんだ。食べていかないと、きっと後悔するよ」

「そこまで言ってくれるのは本当に嬉しいけれど、私なんかがお店にいたら、他のお客さんの迷惑になるんじゃない？」

「そんな心配はいらないよ。粗をしゃぶりに来てくれる客は、みんないい人ばかりだ。

粗屋一家は皆兄弟、ってわけでね。どんな客も大歓迎さ。開店は五時半だから、まだあと一時間以上ある。店の者には、福島の中学校の同級生だって言っておくから、気楽に来るといい」

「え、ええ。それじゃあ、お言葉に甘えて、五時半に伺わせていただきます」

五郎は俊子と喫茶店の前で別れると、急いで店に戻った。店に入ると三人が声を合わせて、

「お帰りなさい！」

と元気よく迎えた。

「今戻ったよ。いやね、さっきの電話ね、中学校の同級生だったんだ。俺んちから数軒離れたとこの取り上げ婆さんの家の孫娘で、俊子っていうんだ。ほらさっき岩男君が店の前でうろうろしている女がいる、って言ってただろ。それが俊子なんだわ。中学卒業後に東京に出て来て、ずっとひとりで働いてるんだそうだ。テレビに出た俺を見て、あっ、五郎ちゃんだっていうんで、会いに来たんだけれど、いざとなったら店の前で足が竦んじまったんだそうだ。俺も四十五年ぶりに俊子に会って、嬉しかったよ。昔話で盛り上っちまった。五時半に食事に来いって言っといたから、牧田支配人、カウンターの隅の方にでも席をつくってやってよ」

と、一気に話した。五郎の淀みない説明に、三人が疑いを持つ様子はなかった。

　その日、酒が飲めない俊子が食べた粗料理は、前菜として「鯛白子の麹漬け」と「平目縁側の煮付け」。本膳三品として「本鮪中落ち肉と納豆の和えもの」、「鰹の腹須の照り焼き」、「烏賊下足の鮑腸焼き」。強肴には「金目鯛の甲煮」。そして食事は「海藤花飯」。汁は「鰤腹須身の潮仕立て」。香の物は「塩辛醬油付け焼き大根」であった。そして、特別に「笠子ほぐし身の煮凝寄せ」と「皮剝の肝の共酢」が出された。

「鯛白子の麹漬け」は、真鯛の白子に薄く塩を振り麹に三日ほど漬け込んでから、さっと焙ったもので、香ばしく濃厚かつクリーミーな逸品である。

「平目縁側の煮付け」は、プヨプヨと脂肪ののった鮃の縁側をぶ厚く切り、酒、味醂、醬油、砂糖で甘塩っぱく煮付けたもので、特有のコクと上品なうま味、優雅で耽美な甘みがある。俊子は「とてもやわらかく、トロトロっていう感じで美味しいわ」と感動しきりであった。

　本鮪の中落ち肉に、ヌラヌラの糸引き納豆の碾き割りを和え、そこに練り芥子と揉み海苔をのせた「本鮪中落ち肉と納豆の和えもの」には、濃厚でマイルドなうま味と滑るような舌触りがあり、身も心も蕩けてしまいそうになる。

「口の中で滑るような感じなんですが、鮪と納豆のうま味が重なり合っているようでこれも美味しいわ」

「鰹の腹須の照り焼き」は、砂ずり部分の濃いうま味に脂肪からのペナペナとしたコク、そしてそれをぐっと押し上げるゼラチン質のトロリ感、さらにそこに照り焼きの香ばしい匂いが加わって、絶妙である。

「こってりと脂肪がのっているようで、その上やわらかくて美味しさが上品ね。照り焼きの香ばしさもいいですわ」

「烏賊下足の鮑腸焼き」は、その恐ろしいほどの美味が衝撃的である。烏賊の下足に「うろ」ともいう鮑の腸を塗り付け、それをさっと焙ったもので、芳しい燻り香とコリコリとした歯応え、烏賊の甘みと腸の濃厚なうま味が口の中で融合し、誠にもって絶妙な味わいとなる。

「金目鯛の甲煮」は、超新鮮な金目鯛の頭を縦二つに割り、それを甘塩っぱい生姜醤油で煮たものである。金目鯛の真紅が、醤油で煮られてやや黒ずみ、神秘的な深い赤色になったのがぐっと食欲をそそる。大きな目玉の周りは、ブヨンブヨンとしたゼラチン質で囲まれ、ここには特有の微甘さとコクがのっていてたまらなく美味い。

「海藤花飯」の「海藤花」は蛸の卵の雅称である。海藻に産みつけられた蛸の卵は、海の中でゆらゆらと揺れて藤の花のように見えることから、この優雅な名がある。

「粗屋」の「海藤花」は飯蛸のものだ。この蛸の飯粒状の卵はとても上品なうま味があるので、それを使って炊き込み飯としたのである。ご飯のネチネチと蛸の卵のポクポクとした歯応えの対比がよく、飯の甘みと卵からの濃いうま味がすばらしいバランスを保っている。

「鰤腹須身の潮仕立て」は、鰤の腹側の身の吸いもので、ふっくらとしてたっぷりと脂肪ののった鰤の腹須からのコクと鰹節と昆布でとった出汁のうま味が重なって、味覚極楽が味わえる。

香の物は例の最新作だが、これを食べた俊子は一瞬、えっ！　と驚いた表情を浮かべた。

「笠子ほぐし身の煮凝寄せ」は、「粗屋」自慢の一品である。笠子は、頭に沢山の棘を持ち、黒と紅褐色の肌に黄色の斑点を持つ奇妙な魚であるが、なかなかの高級魚である。この魚をおろしたあとの中骨に付いているわずかな肉をこそぎとっておく。中骨、頭、鰭、尾などの粗を煮出してから煮汁を濾し、そこに中骨からこそぎとった肉身を細かく刻んで加え、再び沸騰させてから急冷し、冷蔵庫に入れておくと、透明なすばらしい煮凝が出来るのである。口に入れるとトロトロと溶け、笠子の身がフワフワと浮くように出てくる。その身からは優雅な甘みと上品なうま味、そしてゼラチン質のコクなどが湧き出してきて、この上ない妙味が口中に溢れてくるのである。

皮剝という魚は河豚にも勝る、と言われるほどの美味な魚で、とりわけその肝臓には極上のうま味とクリーミーなコクを宿している。「皮剝の肝の共酢」は、その肝を少し塩を加えた熱湯に入れて茹で、芯まで火が通ったら擂鉢に入れて擂る。途中で適量の味醂、酢、砂糖、酒を加えてさらに擂り合わせ、味をととのえて出来上りである。ひと嘗めすると、口中にトロリとした感覚が広がり、そこから濃厚なコクとうま味、そして酸味や甘み、微かな塩っぱみなどが湧き出てきて、天下無敵の妙味が味わえる。いずれも、初めて口にするものばかりなので、俊子は驚き、感激し、言葉が出ない。粗料理の美味さに呆然としながら、

「五郎さん、粗料理って本当にすごいのね。若い頃は、魚料理の美味しさが全然分らなかったけれど、私も少しは大人になりましたからね。今日は、魚料理の奥の深さを一品、一品から教えてもらいました。本当にありがとう」

と言って、晴れやかに笑った。そして、

「お会計をお願いします」

と言うと、ハンドバッグから財布を出そうとした。それを見た五郎がカウンター越しにあわてて言った。

「俊ちゃん、今日は俺のおごりだ。同級生がわざわざ何十年ぶりで訪ねて来てくれたのに、御代(おだい)なんてもらったら、男が廃(すた)るよ」

「なに言ってんの、五郎さん。こんなに美味しいものをご馳走になっちゃったら、罰(ばち)が当るわよ」

「俊ちゃん、昔はあんなに魚嫌いだったのに、いつの間にか魚好きになっていたんだね。それにしても俺の粗料理を美味しいと言ってくれてとても嬉しいよ。なんだかあの時、俊ちゃんに魚の美味しさを教えておけばよかったなあって反省しているよ。今さら遅いけどね。ま、それはそれとして、今日は俺の顔を立ててくれよ。なぁ……」

「困るわ……わたし……」

二人の様子を見ていた牧田支配人が、間に入った。

「お客さん、ここは鳥海の言うとおりになさって下さい。一度言い出したら誰がなんと言おうと聞かない頑固な人です。それにですね、男に頭を下げて頼まれたら、そうですか、ではわかりました、と言って受けるものですよ。ここはどうかひとつお願いします」

牧田支配人にまでこう言われてしまっては、俊子もしようがない。

「そういうことでしたら、今日はお言葉に甘えさせていただきます。これからはちょくちょく寄らせてもらいますので、そのときはよろしくお願いします」

「勿論です。どうぞ、ご贔屓に」

こうして俊子は、鰻と穴子の骨煎餅まで土産にもらって「粗屋」を後にしたのである。

「粗屋」は、その後も追風に帆を上げる勢いの日々を送っていた。支店を出さないかという誘いもあったが、五郎は、ことごとく断った。「粗屋」のような店は一軒しかないからこそ価値があるのだと信じていたし、超新鮮を絶対条件とする粗料理の材料には限りがあるから、店を増やしたら料理の質が落ちてしまうと考えたのである。

「粗屋」の新しい常連客の中に、「中国東方貿易株式会社」という会社の許田公正がいる。中国語が極めて堪能で、大手商社を定年退職したあと、自分で中国物産専門の貿易会社を立ち上げた。ある日のこと、許田社長が食事をしながらカウンターの中の五郎に、

「中国の広州や厦門、福州、杭州、上海といった大都市の下町に行くとね、数え切れないほどたくさんの乾物屋があって、魚の粗を干したものが何種類も売られている。すごく珍しいものも売っているから、五郎さんが興味あるなら、今度行ったときに買ってきてあげるけど、どうする？」

と話しかけた。五郎は、願ってもない申し出に小躍りして、

「それはありがとうございます。ぜひお願いします。まずは許田社長がよさそうなものを何種類か買ってきて下さい」

と頭を下げた。

三ヶ月ほど経った日の夕方、許田社長が開店前に大きな紙袋を抱えてやってきた。

「昨日、中国から戻ったよ。これ、約束の品です。魚の粗の乾物ね。鱶鰭(ふかひれ)や海鼠(なまこ)みたいな日本から輸出している乾物は買って来なかったから、安心してね」

五郎は、許田社長が突然やってきたので驚いたが、すぐに牧田支配人、中田料理人、岩男を呼んで、紙袋の中身を見せてもらうことにした。

紙袋には、乾燥したさまざまな粗が部位ごとに小分けされ、ビニール袋に入れられていた。ひとつひとつ許田社長が丁寧に説明してくれるので、五郎と中田料理人は一言(ひとこと)も漏らさないようにノートにメモしていく。

「これはね、広州で買ってきた、魚の浮袋を乾燥させたもの。日本で言う石持(いしもち)や鮸(にべ)のような魚です。こういう魚の浮袋には最高級の膠(にかわ)が含まれていてね、それを料理に使うと、特有のコクが出るので珍重されているんですよ。中国では魚の浮袋を乾燥させたものを『魚肚(ユイトウ)』、あるいは『花膠(ファーガウ)』と呼んでいます。中国国内だけでなく、香港や

台湾でも手に入るけれど、広州産のものは『広肚』、揚子江産のものは『灰魚肚』と呼ばれて特に珍重されているんですよ」

と言いながら、広州の料理人から聞いてメモした「魚肚」の使い方を教えてくれた。

「魚肚」は油で徐々に熱を加えてやわらかくし、次に長ネギ、根生姜、紹興酒などとともに二十分間蒸して戻す。中国では主にスープに使うそうで、「魚肚」を少なめに使ってトロトロにする「湯菜」系と、多めに使ってドロドロにする「溜菜」系がある。

また、「魚肚四宝湯」もこれを使う代表的な料理で、鮑魚（あわび）、燕窩（つばめの巣）、魚翅（ふかひれ）、海参（なまこ）、龍蝦（伊勢えび）、江瑶（かいばしら）などの貴重な食材も入れるという。

許田社長が次に説明したのは、赤みがかった橙色をした小さな塊で、よく見ると粒が寄り集まっているように見える。

「これはね『蝦黄子』といって、大蝦の卵を取り出して、湯で煮てから天日で干したものです。『蝦子』ともいう。この乾燥卵を、手でやさしく揉むようにして解すと芥子の実ぐらいの粒になるんですが、その一粒一粒が赤みがかっていて、とても美しい。北の方の遼寧省の錦州に行くとね、『蝦子油小菜』という料理がある。これはね、花がついた状態の未熟な花胡瓜（はなきゅうり）を軽く塩で漬け、解した蝦黄子をふり掛け、それを油でまぶした簡単なものなのだけれど、あっさりしていてとても美味い」

続いて許田社長は、

「さてと、この袋の中のものは特に珍しい。日本の海岸にもいる、あの雨降（あめふらし）の卵を干したものなんだ」

と言って、淡黄色をした延べ棒状のものを袋から取り出した。ちょうど唐墨（からすみ）を小さくしたような形をしている。

「雨降」は、体長が二〇～三〇センチもある軟体動物で、黒褐色の地に鮮やかな細かい斑紋があり、一見毒々しい。岩場に棲（す）んでいて、岩に付いた海藻を食べている。四月から七月にかけて、透明な膠質に包まれた黄褐色の卵を生む。日本ではあまり食べられないが、中華料理では、干した卵を食材にするのである。

「この雨降の卵を干したものを『海粉（ホイファン）』と呼んでいてね。水で戻してから刻んで、大根と胡瓜と一緒に酢と胡麻（ごま）油で和えると、独特の食感があって美味しいらしいよ。その料理名はね、えーと、おっ、これこれ、『醋羅蔔海粉（ツウロウボウホイファン）』というそうだ。そしてね、鮑と椎茸（しいたけ）とこの『海粉』のスープは『鮑魚冬菇海粉湯（バウユイトングーホイファンタン）』。もやしと和える『涼拌豆芽海粉（レンブンタウナーホイファン）』という料理もある」

こうして許田社長は、紙袋から粗の乾物を次々に取り出し、その部位や名称、料理法などを教えてくれた。そして最後の一袋になると、

「あっ、これこれ、この粉状の粒々が曲者(くせもの)でね。広州の料理人の話が面白いったらなかったよ。まあ聞いてくれ」

と言って、四人の顔を見回した。

「広東辺りの料理屋で、昔からよくつくられていた『蚊の目玉のスープ』の材料だっていうんだよ。今では特別に注文があるときにだけつくるらしいがね。この料理には蝙蝠(こうもり)が関係している。蝙蝠は蚊を毎日腹いっぱい食べるよね。それで別名を『蚊喰い鳥』というんだが、蚊の目玉は消化されないから、蝙蝠の糞(ふん)には蚊の目玉が沢山入っている。そこで蝙蝠のいる洞窟(どうくつ)に行って、下に落ちている乾いた糞を拾ってくるんだそうだ。それを水の入った器に入れて混ぜていると、糞が溶けてくる。さらに円を描くように静かに混ぜつづけると、軽い目玉は上の方に浮いていく。それを、絹布を張った杓子(しゃくし)で掬(すく)い取るんだそうだ。これを何度も繰り返して目玉を集めたら、きれいな水で洗う。それを天日で乾燥させたのが、この粉末というわけだ」

許田社長が話しおわると、岩男は、

「ええっ、蚊の目玉ですって。本当っすかあ?」

と目を丸くしている。すると社長は、

「ほら岩男君、これをよく見てごらん。粒に小さな黒い点があるだろう。これが蚊の目玉だというんだよ」

と言いながら、袋の中身を広げて見せた。岩男のみならず、他の三人もどれどれと身を乗り出す。

「ああっ本当だ。目玉がいっぱいある、ある」

ビニール袋には、薄い肌色の粟粒状のものが入っていて、その粒の端には蚊の目玉だという黒い微粒子が付いている。四人は、生まれて初めて見る蚊の目玉を前に、目を白黒させている。その側で許田社長は腕組みをしてニヤニヤしながら、

「みんなを驚かせたところで、そろそろ、本当のことを教えちゃおうかな。その黒い粒々はね、蚊の目玉なんかじゃないんだ。『醤蝦粉』と言ってね、小さな蝦の仲間で釣餌によく使う醤蝦の目玉なんだよ。中国ではね、乾燥した醤蝦を煮て出汁を取るのだけれど、鍋底にその滓が残る。そこから目玉を掬い取って乾燥させたものが、『醤蝦粉』なんだ。これをスープの隠し味にちょっと加えると、ほんのりと海老に似た風味がついて、美味いんだ。

味は本当にいいんだが、問題は、スープに微細な黒い粒々が浮いてしまうことさ。

塵(ごみ)に間違えられたりして、具合が悪い。そこで、いっそのこと、その粒々を名物にしてしまえ、というわけで、考え出されたのが、蚊の目玉なんだ。まさに逆転の発想だね。蚊の目玉なんていう代物(しろもの)を見た奴なんていないんだからさ。さすが世界一の食材王国の連中が考えることは違うよね。

そして、この『醬蝦粉』を使ったスープを『夜明砂清湯(イエミンサーチンタン)』と名付けたんだ。古来中国では、老舗(しにせ)の薬屋に『夜明砂』と書いた看板が掲げられていた。蚊や蝙蝠は、まだ暗い夜明けでも目が利(き)くってことで、それに夜盲症の薬をかけて、この店には、とても効く薬が揃っていますよ、という意味を込めたんだな。それにならって、スープの『夜明砂清湯』には、目のいい蚊の目玉が入っているから、目に効きますよって吹いたわけだ。

客が、どれどれ、本当に蚊の目玉が入っているのかとスープをよく見ると、あちこちに小さな黒い粒々がある。あっ、本当だ、蚊の目玉だ、ということになってね、たちまち大評判になったというわけだ。冷静に考えれば、蚊の目玉なんて集められるはずがないのにね。まったく笑い話だ」

許田社長はその後も、中国で面白い粗の乾物を見つけては、店に持ってきてくれた。黒龍江省(こくりゅうこう)で見つけたというロシアのニコライエフスク産の鱈(たら)の腸(わた)を干した「大頭魚(ダアトウユィ)

干腸(ガンチャン)」を届けてくれたこともある。「大頭魚干腸」は、水に戻してから、酒粕(さけかす)あるいは麹に漬け込むと、コリコリとした特有の歯応えが出る。

こうして、中国産の粗の乾物を使った料理も加わって、「粗屋」の料理はさらに充実していくのだが、五郎が予想したとおり、客の注目をもっとも集めたのは「蚊の目玉のスープ」であった。五郎がその料理名を告げると、客は十中八九、

「えっ、本当に蚊の目玉が入っているんですか?」

と、まず半信半疑で首を傾(かし)げる。そしてスープをひと口飲むと、そのあまりの美味さにびっくりしながら、スープを見つめ、やがてそれらしい粒が浮かんでいるのに気づいて、

「あらまっ、本当だ。これが蚊の目玉か。こんな珍しいものが食べられるなんて、感激だなあ」

とうっとりする。そんな客の反応を見て、すぐに目玉の正体を教えてしまうのも芸がないと、五郎はニヤニヤしながら黙っているが、帰り際(ぎわ)に、そっと耳うちする。

「実は、あれは蚊の目玉ではありません。嘘をついたわけではなくて、歴(れっき)とした中国料理なんですよ。正体は、小さな海老の目玉です」

「なあんだ、そうなんですか。たしかに海老の味がしっかりしていましたね。でも、

さすがは中国、面白い料理があるものですねぇ。いや、ほんとに美味かったですよ」

と、客は満足して帰っていくのであった。

東都水産大学の浦河助手も「蚊の目玉のスープ」を堪能したひとりであったが、「醬蝦粉」に興味を持った浦河は、五郎から一グラムほど分けてもらい、研究室で「蚊の目玉」一個の大きさを、顕微鏡に付属するマイクロマニピュレーターで測定した。すると、平均して〇・〇六ミリメートルであった。一ミリメートルの一〇〇分の六、すなわち六〇ミクロンということになる。

許田社長は中国から粗の乾物とその調理法の情報を「粗屋」にもたらしてくれるが、もうひとり頼りになる男が現われた。東都水産大学図書館に勤める司書の越智修三（おちしゅうぞう）である。最初は浦河助手に連れられて「粗屋」に来たのであるが、よほど粗料理が気に入ったとみえて、ひとりでも足繁くやってきて常連になった。

年の頃は四十五、六であるが、仕事柄情報収集はお手のもので、粗料理に興味を抱いてからは、仕事の合間に全国の珍しい粗料理を探し出すのを楽しんでいた。

ある日のこと。店が開くと間もなく越智が入ってきて、カウンターの端に座ると、

「五郎さん。大分県の山間（やまあい）にね、『たらおさ』っていう粗料理があるのを知ってますか」

と聞く。五郎が返事に窮していると、

「さすがの五郎さんもご存知ないか。じゃ、ここに詳しく書いてありますから、あとで読んでみてくださいよ」

と言いながら、鞄から一枚のコピーを取り出してカウンターに置いた。他に客はまだいないので、越智はちょっと得意げに、

「『たらおさ』っていうのはですね、真鱈の胃袋と鰓の部分をかちんこちんに干したものなんです。水で戻してから甘塩っぱく煮るんだそうです。特有の歯応えで美味いらしいですよ」

とほくそ笑む。

その日の閉店後、五郎は、ビールを飲みながら越智が置いていったコピーを手にとった。どうやら何かの食物事典をコピーしたものらしい。

「大分県の日田地方などでは、盆前になると魚屋の店頭に『たらおさ』が並ぶ。真鱈の胃と鰓を乾燥させたもので、巨大な歯ブラシのような姿をしている。この地方の盆料理には欠かせないもので、その料理法は、まず何度も水をかえながら、二日ほどかけて水で戻す。やわらかくなったら三〜四センチの長さに切って水煮し、一度水をすててきれいに洗う。これを鍋に入れ、水をひたひたに加え、ゆっくりやわらかくなる

まで煮て、砂糖と醤油でやや濃いめに味をつける。

漢字では『鱈胃』と書くが、福岡県では『たらわた』の名で食べられているところもある。内陸部にある日田地方などでは、お盆のころに海産魚介の珍味として重宝されていたのである。胃の部分のもっちりとした食感と、鰓の部分のコリコリとした食感の違いが面白く、嚙むほどに凝縮されたうま味と甘みが浸み出してくる」

翌朝、五郎は築地市場内の塩干魚卸売場にある旧知の仲卸店「浜良」に電話をして、「たらおさ」を扱っているかどうか問い合わせた。

「釧路ものが入ってきてたけど、博多の市場に送っちまったところだよ。見本で送られてきたやつなら三キロぐらい残ってる。それでいいなら取りに来なよ」

という返事である。五郎は、市場に仕入れに出かける岩男に、「浜良」に寄って「たらおさ」を買ってくるように頼んだ。

岩男が戻ってくると、五郎は待ちかねたように、すぐに紙袋から「たらおさ」を取り出した。全体に飴色をしていて、びっしりと鰓繊維が付いているところは、説明のとおり巨大な歯ブラシ状で、巨大なムカデのようにも見える。今までさまざまな粗を扱ってきたが、これほどグロテスクなものははじめてであった。五郎のうしろでは、牧田支配人、中田料理人、岩男が固唾を吞んで見詰めている。五郎は、越智が置いていった資料の料理法に従って、早速、下拵えに取りかかった。

出来上がった料理もまた、実に奇妙な姿をしていた。光沢のある飴色に仕上った「たらおさ」は、一見すると臓物料理に使われる牛の第二胃袋である「ハチノス」に似ている。しかし、一口食べてみて、その食感のすばらしさに仰天した。説明にあったように、部位によって食感が微妙に異なるのだ。鰓の部分はやや弾力が弱くぷにぷに感があり、胃袋はぐっと締ってもちもち感がある。味も微妙に違う。嚙めば嚙むほどうま味がチュルチュルと湧き出してくる鰓に対して、胃袋はピュルピュルと微かな甘みが浸み出てくるのであった。

試食した牧田支配人は、

「シコシコとした歯ごたえの中からやさしい甘さが出てきて、少しずつ口の中でトロトロと溶けてくる。ずいぶんとコクがあるのでゼラチン質が多いようですね。美容とか肌によさそうな料理ですね」

中田料理人も、「クラゲの食感に似ているんですが、それよりももっと魚っぽくて、魚のうま味と甘みがしっかりあって、後を引く美味しさですね」と太鼓判を押した。

そこで五郎は、この「たらおさ」も「粗屋」の新しい料理に加えることに決め、早速「浜良」に注文したのである。

一週間ほどして、大きなビニール袋に詰められた「たらおさ」が届いた。一〇キログラムある。五十個以上は入っているだろうか。五郎は、まず二個を料理することにした。下拵えをしてから料理が出来上がるまで三日かかるので、五郎は、「たらおさ」を紹介してくれた越智修三に電話して、料理を店で出すことになったことを報告し、ぜひ食べに来て欲しいと伝えた。

三日後、越智は一番客としてやってきた。カウンターの端に座って「たらおさ」を前にすると、

「いやあ、実に不思議な姿をしていますね。しかし、食ってみるとシコシコ感がたまらないし、嚙めば嚙むほど味が滲(にじ)み出て、奥の深い粗だなあ」

と、感心することしきりである。そして、ひとしきり「たらおさ」を楽しんだあと、

「あれからもいろいろ調べてましてね。またもや面白い粗料理を見つけましたよ」

と、新たに仕込んだ珍しい粗料理について話しはじめた。そして、鞄からおもむろに資料を取り出すと、「ごちそうさまでした。今日はこれで」と帰っていった。

五郎はその晩、店を閉めるとすぐ、越智が置いて行った資料に目を通した。

「『鰹の血合い鍋』。独特のクセがあるため捨てられてしまうことが多い鰹の血合いを、美味しく食べる方法のひとつ。土佐地方でよく行われる漁師鍋である。血合いを適当

な大きさにぶつ切りにし、ぐらぐらと煮立った湯に放り込む。半円形に切った大根も加え、味噌を入れてしばらく煮れば出来上がり。血合いは脂が乗っているため、コッテリとしたクリーミーな味わいを楽しむことができる」

「『川鱒のずずすり』。山形県朝日連峰の渓谷でとれる川鱒の粗料理。この地方では川鱒は昔から貴重なタンパク源であった。料理法は、川鱒の頭一個を丸ごと包丁で細かく切り、ニンニクとショウガを加えて、根気よく叩いてペースト状にする。さらに擂鉢でよく擂り潰す。そこに味噌、醤油、酒、味醂、酢を加えてさらに擂り混ぜて出来上がり。小鉢に盛り、シソの葉の千切りをあしらう」

そして、石川県能登地方に昔から伝わる烏賊の内臓料理。

「『烏賊のなしもん』。葉つき大根を用意し、大根はそぎ切りにし、葉はゆでる。大きな鮑の殻を用意し、穴に真綿を詰める。殻に烏賊の内臓と生の大根、ゆでた葉を入れ、炭火の上で煮ながら食べる」

さらに、能登地方に昔から伝わる鰤の粗料理が続く。

「『鰤のなしもん』。鰤の頭を縦二つに割り、竹串を二本刺して遠火であぶる。これを金づちで細かくつぶす。内臓は生のまま鉈を使って小さくたたく。大豆を炒って二つか三つ割り程度に臼でひく。大豆と、鰤の頭と内臓を混ぜ、水をひたひたになるぐらい入れて塩水漬けにする。三日後には食べられるが、一週間ほど置いたほうが、味がなじむ。そのまま熱いごはんの上にのせても美味しいが、鮑の殻に入れ、大根、ニンジン、豆腐などと一緒に貝焼きにしてもよい」

「『鰤のわんぎり』。鉄の大鍋に鰤の頭、骨、内臓を入れ、その上に大きく輪切りにした大根を大量にのせ、味噌で味を調えながら煮て食べる」

「『鰤のかげのたたき』。生の鰤のかげ（鰓）を鉈でたたいて細かくし、大根のみじん切りと麹と塩を混ぜて漬け込む。五日ほどしたら、鮑の殻に入れて貝焼きにする」

資料の粗料理はすぐに試してみたいものばかりで、五郎のために情報を集めてくれる越智に感謝し、人との繋（つな）がりの大切さを改めて痛感したのであった。

日本各地に受け継がれてきた粗料理はどれも大好評で、「粗屋」はめでたく開店から六回目の正月を迎えた。「粗屋」は正月の五日から店を開ける。なぜかといえば、築地市場の初市が五日に行われるからだ。五郎は、その年から、年の始めに「正月粗料理」として「骨正月」と「すむつかり」という伝統料理を出すことにしていた。

「骨正月」というのは、今ではあまり見られなくなったが、大切な正月行事のひとつとして主に西日本で行われていた風習である。正月も二十日を過ぎるころには、ごちそうの魚料理も骨だけになるから、一日ぐらいは骨をしゃぶって暮らそうというのである。この風習の背景には、健康維持という目的もあった。昔は、煮魚や焼き魚の骨を器に入れて熱湯を注ぎ、軽く塩か醤油で味付けした骨湯を飲むことが体によいとされ、広く行われていたのである。

「粗屋」の「骨正月」には、主に鮃、真子鰈、鱸、女鯒、鯛の中骨を使った。まだ肉身が付いている中骨をぶつ切りにし、水に入れて煮詰め、軽く塩で味を調える。黒の漆椀に盛り、三葉とへぎ柚子を浮かべると、骨の間の真っ白な肉片が見事に映える。汁を啜ると、瞬時に三葉と柚子の快香が鼻孔へ抜け、口の中には白身魚の上品なうま味と甘み、髄から出てきたコクなどが広がり、それをわずかの塩味が囃し立てて絶妙となるのであった。

「すむつかり」は「酢憤」と書き、もともとは炒った大豆に酢をかけた料理で、酢の香がツンツンと鼻を衝くので、子供たちがむずかることに由来する。関東や甲信越に古くからあったもので、特に栃木県では「しもつかれ」と称して、今も旧家では正月料理に加えているという。古い文献によれば、その語源は旧国名の「下野」（栃木県）に関係し、「下野嘉例」が訛って「しもつかれ」になったのだという。

五郎は、文献にあるとおりに再現した。非常に手の込んだ料理なので、中田料理人と二人掛りである。まず大豆は板の上にのせ、枡で押し転がしながら皮をむいておく。次に鬼卸または卸し金で卸した大根をガーゼで搾る。その汁は捨てずにとっておく。鮭の氷頭を薄く刻む。鍋に卸した大根を敷き、その上に氷頭を並べ、さらにとった卸し大根を被せる。その上に大豆を載せ、三たび卸し大根を被せてから、半月形に切ったニンジン、繊切りにした油揚げ、細かくほぐした酒粕を加え、最後に残りの卸し大根で全体を覆う。そこに、卸し大根を搾った汁とほぼ同量の酢を加えて煮込む。一時間ほど煮込んだら全体をかきまぜ、少量の醤油と砂糖で味を調え、さらに少し煮込んで出来上がりである。熱いうちに食べると、酢のツンツンにむせてウッウッと小さく咳込んで酢憤る。冷めても独特の風味がある。

いずれも目新しい正月粗料理は客たちに大層喜ばれた。

こうして五郎が「粗屋」を開店してから丸五年が経った。ここで五郎と粗との係りをあらためて振り返ってみると、実にさまざまな経緯を辿ってきたことがわかる。物心がついた小さい時から、粗汁を啜り骨をしゃぶってきた履歴と経験から、成長していくにつれ次第にその粗のおいしさを実感していく。そして二十歳ごろからは、職場からもらってきたり、家に帰る途中に買ってきたりした魚、そしてそこから出る粗を毎日のように料理して食べているうちに、今度はその部位のひとつひとつに固有のうま味や匂い、コクなどがあることを悟るのである。

例えば鮃の煮付けの頭部には、両頬に小さく固まっている筋肉状の部分があり、その微かな甘みとやさしいうま味が捨てがたい、とか、その煮付けの縁側のところは、ただ脂肪がポテポテとのっているだけでなく、その中に優雅な甘みと耽美なうま味が宿っていて、それが絶妙な味わいをつくっているといったこと、さらには目玉のプヨプヨとしたゼラチン質は、丸みのあるコクが全体を支配していて、それがその周辺のうまさのアクセントになっているといったことである。たかが鮃のあの頭一つにも粗の魅力が幾つにも分散していることを感じとっていた。

このような体験を通して、五郎は粗が魚の最もおいしいところを宿していることに確信を抱き、では人はなぜこのような貴重な部位を捨ててしまうのかとその理不尽さについて自問自答してきた。そして考えられる理由として粗の持つ四つの欠点を挙げている。その一つは「生臭さ」のイメージが強いということである。とりわけ内臓に集中している生臭さが嫌われている原因になっている、と五郎は考えた。二つめは「骨っぽさ」で、おいしい鰭や尾、頭などには特に骨が多いので、これが敬遠されていると考えた。三つめは「見た目」で、食事に大切な食欲をあまり感じさせないこと。そして四つめは「料理人の偏見」で料理する人が粗を食べものの材料として認めない傾向があることである。

ところが五郎は、自分で粗の料理をしてきて、これらの四つの負のイメージは価値観の違いだけであって、下拵えや料理の仕方如何（いかん）によっては、いかようにも拭い去れることを体得しているのである。だからこそ、これは捨ててはならず使ってこそ魚の新味を味わえ、堪能できるのだと思った。

しかし、そうは言うものの、いざ「粗屋」を開店してみると、初めは誰も考えつかなかった粗料理屋が一般に認められるのだろうか、客が来るだろうかと不安を抱いたこともあった。だが、さまざまな下拵えや料理法を独自に編み出してきた結果として粗の持つ負のイメージを克服することができ、これまで多くの人が味わったことのない美味しく、珍しく、野趣のある料理を客に提供することができた。そして五年目を終え、六年目に入った今、客がそれらの料理を食べて大いに満足し喜んでくれていることは粗料理人冥利（みょうり）に尽きることだと五郎は思っていた。

魚もまた自分の体の一部である粗まで余すことなく賞味されて、きっと成仏（じょうぶつ）しきっているに違いない。五郎はこれからも、魚や粗に向って「あなたの命を頂かせていただきます」と心で念仏を唱えながら、「粗屋」を続けていく決意を強く抱くのであった。

〽オッペケペッペケペー　粗屋の五郎が物申す
す〜う　オッペケペッペケペー
粗も頭も使いよう〜　オッペケペッペケペー
〽オッペケペッペケペー　粗屋の五郎が物申す
す〜う　オッペケペッペケペー
成仏三昧（ざんまい）　粗即是喰（あらそくぜくう）　喰即是粗（くうそくぜあら）　オッペケペッペケペー

解説

太田和彦

「うま味がチュルチュルと湧き出してくる鰓」「目玉のまわりのトロトロ」「胃袋はピュルピュルと微かな甘みが浸み出てくる」「すぐに呑み込んでしまうのは勿体ないと、しばらく口の中でころがしていると、だんだんとすべてが溶けていき、ついにはピョロロンと喉の奥に」

絶妙の擬音語で粗料理を克明に描写するのを読み終えて、誰もが舌なめずりするに違いない。まさに自らを〝味覚人飛行物体〟と称する著者の面目躍如だ。

しかし著者は、農学博士、東京農業大学名誉教授、鹿児島大学、琉球大学、別府大学、広島大学大学院、石川県立大学、福島大学の客員教授、特定非営利活動法人発酵文化推進機構理事長、全国地産地消推進協議会会長（農水省）もつとめるまぎれもない学者で、社会的立場もある人だ。であれば想像だけの荒唐無稽を書くわけがない。学者としての顔が現れているはずだ。

「粗」とは何か。魚の「頭や目玉、骨、鰭（ひれ）、皮、血や血合い、浮袋、胃袋、心臓、肝臓、腎臓、腸（わた）、砂ずり、中落ち、腹須（はらす）、白子（しらこ）、卵巣など」、つまり刺身をとった残りの捨てる所だ。吾郎がまとめた「粗レシピ集」の例えば「皮料理」は、「皮煎（かわいり）＝鮭や鱒（ます）の皮をはいで、それを酒、醬油、味醂で濃いめに煎（い）る。お通し、箸休めに出す」「鱧（はも）の皮膾（かわなます）＝小骨を抜いた鱧皮をさっと洗って水気を切り、遠火にかけて両面から焦げ目のつかぬよう焼き上げ、細かに切って胡瓜（きゅうり）もみに和える」「鮫氷（さめすが）＝材料は鮫ではなく翻車魚（まんぼう）を使うこと。翻車魚の皮は鮫より弾力に富むので、歯応えが楽しめる。（中略）皮の下に繊維状の軟骨があり……」。

この詳細さは、自らも調理し（実験）、細大もらさず書かねば（レポート）おさまらないアカデミックな学者の職業意識というか、癖だろう。

さらにまた。

店の評判をきいて訪ねてきた「東都水産大学水産学部　水産加工学科　水産加工環境学教室助手　博士（水産学）　浦河誠一（うらかわせいいち）」（肩書き詳細）は「……日本の食料自給率は先進国で最低の四〇パーセントほどしかない。このままじゃ、この国、この民族はどうなってしまうんですかねえ。食べものを大切にしなくなった民族の行く末は哀れなものです。ですから、この粗屋の精神は尊ばねばなりません。われわれ大学の若手研究者も、これからこの店を大いに利用し、そして支援していくつもりです」と、数字を出して生まじめに語る。「大学の若手研究者」は著者が日々つきあっている人だ。

浦河にも取材した「日本新聞協会水産庁記者クラブに所属する水産ジャーナリスト」の新聞記者・斎藤信一郎により記事になり、それをきっかけに他の新聞社や週刊誌、月刊誌、テレビ局までが取材に来るようになる。

その後訪ねてきたのは「東京都中央卸売市場　築地市場総務部管理課　係長　水沢保二（やすじ）」だ。「……（築地市場は）今では、日当りの市場入場者数四万二〇〇〇人、車両一万九〇〇〇台、仲卸業者七〇〇社、売買参加業者九〇〇社……」「水沢係長はいかにも実直な役人らしく、すらすらと数字を並べながら説明した」。著者にとってこういう数字はお手のものだろう。そして市場移転のアピールイベント「全国粗商品グランプリ」が開かれ、五郎、浦河、斎藤らが審査員に。これ著者がやってみたいことなんじゃないかな。

著者の学者的アプローチ（?）が存分に発揮されるのが第四章「粗神様」だ。

東京都渋谷区代官屋敷町四丁目四の一番地（住所詳細）から便りをよこした西園路（さいおんじ）醇一郎（じゅんいちろう）は、民俗学を研究し都内の大学でも講義する学者で、東伊豆に昔から祀（まつ）られる

「粗神様」を調査し「日本民俗習俗学会関東支部会」（これも詳細）で発表したとある。粗屋を訪れた西園路が置いていった風呂敷包みは「粗神様の成立と地域民間伝承に関する調査報告書」、発行元は「日本民俗習俗学会」、提出先は「静岡県賀茂郡伊豆加茂町教育委員会」。

それによると、

「静岡県賀茂郡伊豆加茂町久寿（江戸時代の旧地名では『久寿』は『薬司』）に、地域住民が江戸時代から信仰してきた魚の粗を御神体とする『粗神様』がある」「敬い奉る神は鬼神鬼咆丸で、言伝えでは、この神は加茂南に位置する天嶺山に棲み、その山底から通じる鬼穴を使って薬司の海に出入りしていた。その鬼穴の中に、粗神様の御神体が納められた小さな祠が祀られている。江戸時代中期のものと推定される。鬼咆丸が薬司地区に住む五軒の家に万能の霊薬『五家鬼養湯』の製法を授けた……」

旧地名も補足するのは学者の姿勢だ。私は地図を広げた。静岡県賀茂郡南伊豆町下賀茂はあるが、賀茂郡伊豆加茂町はない。「天嶺山」は賀茂郡河津町にある。

報告書はこう続く。「『五家鬼養湯』と新島のくさや汁はともに、塩存在下における微生物の生理作用にもとづく魚の発酵物であり、その上、効能が一致する点で単なる偶然とするのは早計に失すると判断されるため、引き続き検証することとした」。

＊

エッセイ、小説など文学は、自分の感性や想像力をもとにした個性的文体が大切だ。しかし学術論文の書き方には決まりがあり、目的、方法、結果、考察、参考文献、と客観的に書き進め、個性や感情は必要なく、文体に凝ってはならない。そして最も大切なのはそれを出版することなのだそうだ。学術論文の筆法でフィクションを書くのは、学者でなければできない技か。

さらに論考は進み、御神体石板に彫られた「五家鬼養湯」の醸し方はルビ付きで「……彼の古来一子相承他言を許さずと伝え来る秘伝也。此粗医術に施さざる御薬の製法は、天嶺山鬼咆丸の御顕わしなり。霊神鬼咆丸格別の御心労遊ばし、御究理を御遂被遊、終に秘薬粗醪を御発明相成」

基礎文献作成に嬉々として筆が乗る著者の顔が浮かぶようで、「御究理を御遂被遊」を献呈したい。

五郎、西園路らの一行は現地調査に赴き、「鬼走りの穴」を発見。その奥に縦一五センチメートル、横一〇センチメートル、厚さ一センチメートル（詳細）の黒御影石御神体を見て手を合わす。西園路が持参したカセットテープに録音された、久寿に住む九十二歳の老人から聞き取った粗神様の故事来歴によれば「平安中期の武士渡辺綱（わたなべのつな）が羅生門で鬼退治をしたことに端を発する」そうだ。

その後「五家鬼養湯」の再現に挑む五郎を訪ねてきた東都水産大学水産学部水産加工学科微生物学教室の水原平（みずはらひとし）が試作品を分析してまとめた「粗発酵試料中の微生物群に関する報告」は「一、検出した微生物」（学名コリネバクテリウム *Corynebacterium*、マリノスピリルム *Marinospirillum* などを列挙。これはほんとの学名でしょう）「二、検出微生物の性質」と詳細に記され、「三、総合所見」は「いずれにしても、魚の粗を発酵させたものの中に、このような病症に効果のある菌ばかりが生息していたことは、ミクロフローラの視点から極めて興味深い。以上」と結ばれる。

「報告書を見た五郎は、興奮のために持つ手がぶるぶる震えてしまった」。そこまで読んだ私も本を持つ手がぶるぶる震えてしまった。学術論文とはこんなにお堅く面白いものか。最終的に水原、浦河、西園路、五郎らの共同研究「魚介類の発酵粗に生息する整腸作用を有する微生物の検索及びその効能に関する研究」は『大日本水産学会集報第八十三巻』に掲載された。この書は学術的にも成立するよう周到に書かれているのだ。

続く第五章では、「粗屋」の常連で新内節（しんないぶし）の鶴賀律太夫（つるがりつだゆう）がつくった、粗を歌う「オッペケペッペケペー節」が十四番まで延々と披露され、こちらもまた筆者の好む世界と知る。そして最終章の出奔した恋女房と再会する場面で「粗神様の徳」が現れる。私は翻然とわかった。これは小泉武夫先生の願う、あらまほしき人生が書かれた「創作自伝」であると。

最後の一行を重ねよう。

成仏三昧　粗即是喰　喰即是粗　オッペケペッペケペー

（二〇二二年十月、居酒屋研究家）

この作品は二〇一八年十二月『骨まで愛して　粗屋五郎の築地物語』として新潮社より刊行され、文庫化にあたり改題した。

魚は粗がいちばん旨い

粗屋繁盛記

新潮文庫　こ－37－8

令和五年一月一日発行

著者　小泉武夫

発行者　佐藤隆信

発行所　株式会社 新潮社

郵便番号　一六二―八七一一
東京都新宿区矢来町七一
電話 編集部(〇三)三二六六―五四四〇
読者係(〇三)三二六六―五一一一
https://www.shinchosha.co.jp

価格はカバーに表示してあります。

乱丁・落丁本は、ご面倒ですが小社読者係宛ご送付ください。送料小社負担にてお取替えいたします。

印刷・株式会社三秀舎　製本・株式会社植木製本所

ISBN978-4-10-125948-2 C0193